L'oasis

Xavier-Laurent Petit

Littérature jeunesse

Texte présenté et annoté
par Ricarda Lusar

W0321685

Ernst Klett Verlag
Stuttgart Düsseldorf Leipzig

Inhalt

Vorwort 3

Chapitre 1 4
Chapitre 2 9
Chapitre 3 14
Chapitre 4 18
Chapitre 5 21
Chapitre 6 26
Chapitre 7 30
Chapitre 8 34
Chapitre 9 38
Chapitre 10 41
Chapitre 11 44
Chapitre 12 49
Chapitre 13 53
Chapitre 14 56
Chapitre 15 59
Chapitre 16 61
Chapitre 17 64

Avant et autour de la lecture 66
Tipps für die Erschließung des neuen Wortschatzes ...73

2. Auflage A 1 5 4 3 2 1 | 2004 2003 2002 2001 2000

Alle Drucke dieser Auflage können im Unterricht nebeneinander benutzt werden, sie sind untereinander unverändert. Die letzte Zahl bezeichnet das Jahr dieses Druckes.
© für die Originalausgabe: l'école des loisirs, Paris 1996
© für diese Ausgabe: Ernst Klett Verlag GmbH, Stuttgart 2000
Alle Rechte vorbehalten
Internetadresse: http://www.klett-verlag.de

Umschlaggestaltung: KOMA AMOK, Stuttgart,
Umschlagbild: Jean-Louis Goussé, SG-Création, Le Blanc-Mesnil
Satz: DTP
Druck: Druckerei Wilhelm Röck, Weinsberg
Printed in Germany
ISBN 3-12-592111-2

Vorwort

Algerien in den neunziger Jahren. Brutal beenden die Bombenanschläge islamistischer Fundamentalisten Elmirs sorglose Jugend : wie alle anderen Bürger mit westlichem Lebensstil und demokratischer Gesinnung sind auch seine Eltern den bärtigen *Combattants de l'ombre* ein Dorn im Auge. Besonders Elmirs Vater, Redakteur bei einer liberalen Zeitung, muss um sein Leben fürchten …

Für Elmir beginnt ein neues Leben, bestimmt von dem Zwang, sich nicht mehr frei bewegen zu dürfen, nicht einmal mehr seine besten Freunde spontan besuchen zu dürfen, niemandem mehr trauen zu können. Auf der Flucht vor möglichen Mordanschlägen der Islamisten stellt sich bald für ihn und seine Familie die Frage : Sollen sie bleiben und dem Terror trotzen oder sollen sie ins Exil flüchten ?

Die Ereignisse werden aus der Sicht des jungen Elmir so spannend und anschaulich dargestellt, dass es einem wirklich leicht fällt, mit ihm mitzufiebern, zu leiden – und zu hoffen !

Diese Lektüre wendet sich an Schüler und Schülerinnen ab dem Ende des dritten Lernjahres, sie wurde gekürzt und sprachlich behutsam vereinfacht, um Elmirs lebendige Sprache nicht zu verfälschen. Im Anhang befinden sich Tipps und Hilfestellungen für den Umgang mit dem noch unbekannten, aber leicht erschließbaren Wortschatz. Selbstverständlich werden sonst alle unbekannten und sinntragenden Wörter unten auf der Seite erklärt oder übersetzt !

Ein Aufgabenapparat befindet sich ebenfalls im Anhang; im Vordergrund soll aber bei der Lektüre dieses packenden und trotz allem optimistischen Jugendbuchs der *plaisir de lire* stehen: die Freude am Lesen!

1

Nous sommes sortis du collège deux heures plus tôt que d'habitude parce que le prof de math était absent. Alors, avec Naïa, nous nous sommes dirigés vers la station de tramway.

On habite « La Source », en périphérie de la ville, à cinq stations du collège. Ismène, mon meilleur copain, dit que c'est le quartier chic : des villas avec des jardins, des fontaines et des fleurs qui poussent, même au plus chaud de l'été.

Ismène, lui, continue à pied vers la haute ville. Son père est mécanicien, il travaille dans un petit garage de l'autre côté de la colline. Le quartier d'Ismène, c'est tout le contraire de « la Source » : une multitude de petites maisons qui semblent avoir poussé les unes sur les autres à l'ombre de la colline. Parfois, après les grosses pluies d'hiver, l'une d'elles se lézarde et s'écroule sur elle- même, comme fatiguée de porter les autres. Alors les habitants renforcent les murs des maisons du dessus pour que tout ne dégringole pas et celui dont la maison s'est écroulée en reconstruit une nouvelle au-dessus des autres. Il domine tout le quartier jusqu'à ce qu'une nouvelle maison s'écroule et vienne repousser par-dessus sa propre maison. Ça se passe comme ça, dans le quartier d'Ismène, depuis des siècles.

sembler – paraître (so aussehen als)
se lézarder – Risse bekommen
s'écrouler – tomber d'un seul coup

dégringoler – tomber

Le tramway a démarré. Assise à côté de la fenêtre, Naïa rêvait. Moi je ne pensais à rien. Je connais le trajet par cœur, jusque dans ses moindres détails.

le/la moindre … – le/la plus petit(e) …

C'est au deuxième arrêt, place de l'Hôtel-de-Ville, que pour la première fois j'ai vu un rassemblement de ceux que mon père appelle les « barbus ».

Ils étaient des centaines, peut-être des milliers. Des hommes surtout. Presque tous portaient la barbe. Mais on apercevait aussi des femmes qui avaient mis le voile, comme dans l'ancien temps, et qui portaient leurs bébés dans un châle noué sur le côté. Parmi eux,

apercevoir – voir
ancien,ne – vieux

en petits groupes, circulaient des « combattants de l'ombre ». Une cagoule masquait leur visage : depuis que les premiers attentats ont eu lieu, il y a un an, le gouvernement les a interdits. Mais la police, on ne la voyait nulle part !

La foule bloquait toute la place, les manifestants scandaient des slogans et levaient le poing, mais le boucan de klaxons des voitures immobilisées empêchait de les entendre. Deux grandes banderoles étaient tendues devant l'hôtel de ville :

ÉTRANGERS, DEHORS ! LE PAYS D'ABORD
et DIEU COMBAT AUX CÔTÉS DE SES FILS

Les manifestants ont entouré le tramway et ont fait signe au conducteur d'ouvrir les portes. Il a d'abord refusé. Les hommes l'injuriaient, certains crachaient sur son pare-brise. De plus en plus nombreux, juste séparés de nous par les vitres, ils agrippaient le tram par les poignées, les pare-chocs, glissaient les mains sous la carrosserie et commençaient à le secouer, comme pour le faire basculer. Le tram tanguait d'un côté, de l'autre. Lorsque ses grosses roues ont décollé des rails, nous avons tous hurlé. Nous allions nous renverser ! Il est retombé lourdement, dans un bruit terrifiant, et les passagers sont tombés les uns sur les autres. Affolé, le conducteur a enfin fait signe qu'il acceptait. Les manifestants ont salué l'ouverture des portes par une explosion de cris.

Une dizaine d'hommes sont entrés, parmi eux, deux « combattants de l'ombre », masqués. Par la fente de leurs cagoules leurs yeux vifs observaient chacun de nos gestes. Dehors, les hurlements continuaient, mais à l'intérieur personne ne disait un mot, les yeux fixés sur ces hommes inquiétants qui remontaient le couloir et examinaient chacun de nous. Ils s'arrêtaient devant les femmes qui n'avaient pas la tête couverte.

– Ta tenue déplaît à Dieu, couvre-toi !

une cagoule – un masque qui cache la tête

un boucan *fam* – un bruit

injurier – beschimpfen
cracher – spucken
le pare-brise – Windschutzscheibe
agripper – ergreifen, packen
une poignée – Griff
un pare-choc – Stoßstange
basculer – tomber sur le côté
tanguer – hin- und herschwanken
décoller – *ici:* abheben
hurler – crier

une fente – Spalt

chacun,e – jede(r)

une tenue – une façon de s'habiller

un angle – *ici:* un coin

bafouiller – stammeln-

paralysé,e – incapable de bouger

éclater en sanglots – pleurer nerveusement

se débattre – bouger pour se défendre
un forcené – un fou

une matraque – Schlagstock

abattre (qc sur qn) – faire tomber

Elles sortaient ce qu'elles avaient : un foulard, un mouchoir ou un bout de tissu pour celles qui n'en avaient pas. Terrifiée, Naïa s'est cachée dans l'angle de la banquette.

– Couvre-toi ! a brusquement jeté l'homme masqué.

– Je n'ai rien, a-t-elle bafouillé.

– Même pas un mouchoir ?

Naïa a fait « non » de la tête.

Le type a ouvert son cartable et en a sorti sa trousse qu'il a vidée par terre.

– Ça t'ira très bien, a-t-il dit avant de la coiffer brusquement de la trousse.

Blanche comme un drap, les yeux brillants de larmes, Naïa me regardait. Paralysé de peur, je ne m'étais même pas baissé pour ramasser les crayons qui avaient roulé sous la banquette. Alors qu'il s'éloignait, le type a écrasé son stylo. Naïa a éclaté en sanglots.

Au fond du tram, un étranger, un Français je crois, regardait les hommes approcher. Les manifestants l'ont agrippé pour le faire descendre de force. Il se débattait comme un forcené. L'un des « combattants de l'ombre » a alors sorti un pistolet de sa poche et l'a dirigé vers lui. Les « barbus » l'ont traîné dehors.

Dans le tram, personne ne bougeait le petit doigt, chacun gardait la tête baissée, en silence. Lorsque l'étranger est descendu du tram, les manifestants l'ont injurié. Sa silhouette, entre deux « combattants de l'ombre », a disparu dans la foule.

Soudain, les sirènes des cars de police ont couvert le bruit de la manifestation. Arrivés de deux côtés à la fois, ils bloquaient les entrées principales de la place. Les policiers sont descendus, casqués et armés de matraques, ils cherchaient à encercler les manifestants qui s'échappaient par les innombrables ruelles de la vieille ville. Là-bas, sous les arcades, deux flics tapaient sur un homme tombé par terre : je ne pouvais pas les quitter du regard. Ils abattaient leurs matraques sur le corps recroquevillé sur le trottoir. Ils n'ont arrêté que lorsque l'homme a cessé de bouger.

Tout au fond de la place, vers l'hôtel de ville, des manifestants jetaient sur les policiers des pavés qu'ils retiraient du sol. Soutenu par ses camarades, un policier blessé, le visage en sang, a titubé jusqu'à un car. Près des ruelles de la vieille ville, des « barbus » ont retourné deux voitures sur le toit et ont brisé leurs vitres à coups de pavé. L'essence coulait des réservoirs, et l'un d'eux a jeté un journal enflammé. En quelques secondes, une épaisse colonne de fumée noire s'est élevée des carcasses de voitures. Des explosions ont retenti du côté des cars de police. La place s'est couverte d'un brouillard gris.

– Des lacrymogènes ! a crié quelqu'un, mettez vos mouchoirs devant la bouche !

Alors les femmes ont placé devant leur bouche les mouchoirs qu'elles avaient dû se mettre sur la tête. Tout le monde toussait et pleurait. Le vent poussait doucement vers le tram le brouillard qui entrait par les moindres ouvertures. Pendant plusieurs minutes, on n'a plus rien vu, on n'entendait que les cris, les explosions des grenades, le bruit des gens qui couraient. Pétrifiés, les passagers du tram ne faisaient pas un geste.

Lorsque le brouillard a disparu, il restait une odeur écœurante et irritante. La place était vide, recouverte d'objets perdus, de pavés et de pneus enflammés. Les deux voitures brûlaient toujours, avec de longues flammes orangées qui montaient vers le ciel. Plus loin, des infirmiers se penchaient sur un homme qui ne bougeait plus.

La voie était dégagée, le conducteur a rapidement inspecté son véhicule avant de repartir.

Ce n'est que lorsque le tram a quitté la place au milieu des éclairs bleus des gyrophares de la police et des ambulances que j'ai regardé Naïa.

La tête cachée dans son pull, tout son corps frissonnait. Je lui ai touché l'épaule, elle a tressailli. Le

se recroqueviller – sich zusammenkrümmen
cesser (de faire qc) – arrêter
un pavé – Pflasterstein
soutenir – unterstützen
tituber – taumeln
une carcasse – ce qui reste de qc qui est détruit
retentir – se faire entendre
une (grenade) lacrymogène – Tränengasgranate
pétrifié,e – versteinert
une odeur – Geruch
écœurant,e – très dégoûtant
la voie – (Fahr)Bahn
dégagé,e – libre, ≠ bloqué
un gyrophare – Blaulicht
frissonner – trembler
tressaillir – zusammenzucken

visage plein de larmes, elle a montré la trousse qu'elle avait toujours sur la tête.

– Je dois avoir l'air chouette comme ça …

J'ai essayé de sourire.

De retour à la maison, on dirait que rien n'est arrivé, que l'on a juste fait un mauvais rêve. Les rues sont calmes, presque désertes.

J'ai raccompagné Naïa chez elle. Ses parents sont médecins et rentrent tard, quant à sa sœur, une dame la garde jusqu'à ce que sa mère vienne la chercher.

Au bruit de la porte, Mouli a ouvert un œil du fond de sa grande cage et il a bâillé. Naïa l'a pris dans ses bras et s'est pelotonnée contre lui dans un fauteuil.

Mouli, c'est un fennec à trois pattes que le père de Naïa a ramené tout bébé du désert. Il l'a trouvé au petit matin, sur le bord d'une piste avec une patte écrasée. Une voiture l'avait heurté pendant la nuit. Ils l'ont soigné, Mouli a appris à marcher sur trois pattes et même à courir, mais jamais il n'aurait pu se réhabituer à la vie du désert, alors il est resté chez eux.

Sur l'appareil de Naïa, on a écouté la cassette de Michael Jackson que je lui ai offerte.

J'adore Michael Jackson. Comme souvenir d'un voyage en France avec son lycée, un de mes cousins m'a ramené une cassette en cachette. Ici, elles sont impossibles à trouver. C'est à cause des « barbus ». Michael Jackson, c'est un condensé de tout ce qu'ils détestent le plus : l'Amérique, la danse, la musique rock … On n'en trouve qu'au marché noir, mais elles coûtent tellement cher que ce n'est pas la peine d'y penser. Du coup, j'ai copié la cassette pour la revendre aux copains du collège. Ça a plutôt bien marché et je me suis fait une petite somme … Jusqu'au jour où mon père l'a appris et m'a passé un savon maison.

– Elmir, tu vas me faire le plaisir de cesser immédiatement ton petit trafic avec ce cornichon à paillettes, compris !

J'ai hoché la tête. C'est comme ça que j'ai compris que tout le monde, même mon père, avait peur des « barbus » …

quant à – en ce qui concerne

bâiller – gähnen
se pelotonner – sich kuscheln
un fennec – Wüstenfuchs

heurter – frapper; *ici:* anfahren

passer un savon à qn – jdm die Leviten lesen
… maison – *ici:* erster Klasse
un trafic – *ici:* un commerce interdit
un cornichon – Senfgurke; *ici:* Lackaffe

Quant à Michael Jackson, je crois bien que jamais il ne pourra faire de concert chez nous, parce qu'il lui faudrait cent, deux cents, mille gardes du corps peut-être pour empêcher les « barbus » de le lyncher. On ne le verrait même pas sur la scène ! Mais un jour, j'irai en France, et là, j'achèterai tous ses disques.

– Qu'est-ce qu'on va raconter aux parents ? a soudain demandé Naïa, comme si nous venions de faire une bêtise.

J'ai haussé les épaules. Moi, mon père est journaliste. À son bureau, il a tout un tas de machines qui écrivent toutes seules les nouvelles du monde entier à longueur de journée, et même la nuit. Que ça se passe au Kamtchatka, en Terre de Feu ou dans la rue d'à côté, il est toujours au courant avant tout le monde.

être au courant – Bescheid wissen

Ça n'a pas raté ! Lorsque papa est arrivé, il était parfaitement au courant de la manifestation de la place de l'Hôtel-de-Ville. Il a pourtant voulu que je lui raconte tout jusque dans le moindre détail. Il avait l'air soucieux.

– Et à toi, ils ont dit quelque chose de particulier ?

– Non, rien. C'est surtout à Naïa qu'ils s'en sont pris.

Il a téléphoné à Naïa pour que, elle aussi, lui parle de ce qu'elle avait vu.

– Tes parents sont là ? a-t-il fini par demander.

– … Non.

– Peux-tu me donner le téléphone du travail de ton père ?

Et il s'est enfermé dans son bureau, comme chaque fois qu'il veut absolument ne pas être dérangé. Il m'a rejoint quelques instants plus tard :

rejoindre qn – aller retrouver qn

– Elmir, j'ai un rendez-vous en ville, je te laisse …

– Tu vas voir le père de Naïa ?

– Petit curieux, va ! Je vais voir qui je veux, quand je veux et si je veux. Euh … je ferme à clé, surtout, tu n'ouvres à personne !

Avant même que je lui demande ce que c'était que cette nouveauté, il avait dévalé les escaliers. Depuis qu'on habite ici, les portes sont toujours ouvertes, sauf la nuit, et il ne s'est jamais rien passé.

dévaler – descendre rapidement

Il vieillit, papa, ces temps-ci !

Dernière idée des parents : interdiction de prendre le tram pour aller au collège ! Ils veulent nous y emmener en voiture. Je tempête, je hurle, je pleure ! Rien n'y fait. Je vais avoir l'air de quoi, moi, devant les copains ? Un vrai bébé ! Ça va être ma fête ! Je les entends d'ici :

avoir l'air de … – aussehen wie…

– Hé, Elmir, ta maman n'a pas oublié de changer ta couche, ce matin ? !

une couche – *ici:* Windel

Parfois, je regrette d'être fils unique. Les enfants uniques, chez nous, c'est très rare. Les familles ont souvent huit, dix enfants et même plus. On serait douze, comme chez Ismène, les parents seraient bien obligés de me laisser aller seul au collège, à moins d'acheter un car …

D'autant que le tram, c'est important ! On y retrouve les copains, on discute, on s'échange des cassettes, on met sur pied tous nos petits trafics.

d'autant que – um so mehr als

La mère de Naïa nous accompagnera désormais chaque matin. La honte ! Le seul point positif, c'est qu'elle est très belle. Tout le monde, ses enfants, son mari, ses amis, l'appellent Mi. Je me demande si elle-même se souvient de son vrai nom. Elle a le même âge que maman, mais elle paraît beaucoup plus jeune. Elle adore faire ce que la plupart des femmes d'ici n'osent pas. Quand elle a le temps (ce qui n'arrive pas très souvent), elle va sur les plages des clubs, là où les Européens en vacances vont se faire bronzer.

désormais – à partir de maintenant

Parfois, elle met des shorts que sa sœur lui envoie de Paris, où elle travaille. On voit ses grandes jambes bronzées, alors qu'ici, même quand il fait très chaud, au plein cœur de l'été, les femmes ressemblent à des oignons, avec des tas de vêtements les uns sur les autres. Lorsqu'elle marche dans la rue, les hommes se retournent sur elle. Et à chaque fois qu'elle passe devant le lycée, les grands s'accrochent tous aux grilles comme des singes. Ils la sifflent, mais elle joue à celle qui n'entend pas. Ma mère dit qu'elle fait trop de provocation, qu'un jour ça finira mal.

une grille – Gitter(stange)
un singe – Affe
siffler – (an)pfeiffen

D'ailleurs un jour, ça a presque mal tourné. Elle est tombée sur une bande de « barbus » qui l'ont prise à partie. Ils ont commencé à l'injurier et à la bousculer à cause de son short. Par chance, l'un d'eux l'a reconnue : elle avait soigné sa petite fille à l'hôpital quelques semaines auparavant. Ils ont finalement accepté de la laisser tranquille. Maintenant, elle s'habille toujours en pantalon. Mais il paraît que pour les femmes, les « barbus » n'aiment pas non plus les pantalons.

prendre qn à partie – se disputer avec qn

Mi travaille dans un dispensaire pour les bébés, juste au pied de la colline où habite Ismène. C'est un grand bâtiment gris, triste et moche. Il y a longtemps, à l'époque de la colonisation, c'était l'hôpital militaire des français. Le long des couloirs qui sentent l'eau de Javel, des dizaines et des dizaines de femmes attendent avec leurs bébés dans les bras. C'est le quartier le plus pauvre de la ville, les gens n'ont pas toujours assez d'argent pour manger correctement, alors leurs bébés sont souvent malades, ils ont des diarrhées, ou ils vomissent, certains sont tout maigres, d'autres ont plein de boutons partout.

un dispensaire – Ambulanz -
l'eau de Javel – Chlorreiniger
la diarrhée – Durchfall
vomir – sich übergeben

Parfois, je vais avec Naïa chercher sa mère. Quand Mi sort de son bureau, on ne la reconnaît pas : habillée tout en blanc avec un petit chapeau sous lequel elle enfourne ses longs cheveux noirs, elle a l'air sévère. Elle nous adresse un petit signe distrait de la main avant de faire entrer une femme avec son bébé.

enfourner – *ici:* mettre

Dans la voiture, sur le chemin du collège, je supplie la mère de Naïa pour qu'elle nous dépose au moins dans la petite rue derrière le collège. Elle ne

supplier – anflehen

veut rien savoir et s'arrête juste devant l'entrée principale. À croire que tous les copains s'y sont donné rendez-vous : ils sont tous là !

– Hé ! Elmir, t'as un chauffeur maintenant ?

– Oh ! Regardez les mignons petits enfants qui se font accompagner par leur maman !

Juste devant l'entrée, Ismène discute avec Larrid, son frère aîné. Ils me regardent et rigolent.

Je donnerais tout pour disparaître sous terre !

Malgré l'hiver qui approche, le temps est si doux que l'après-midi, aux heures où le soleil donne sur les salles de cour, on ouvre grandes les fenêtres.

Ça s'est passé pendant le cours d'histoire de monsieur Harnid.

D'abord, on n'y a pas prêté attention, et puis, peu à peu, les cris se sont faits plus précis. Des slogans, toujours les mêmes, repris par des milliers de voix : « Etrangers de-hors ! Gou-ver-ne-ment dé-mis-sion ! » scandés de plus en plus fort, comme s'ils se rapprochaient, ou comme s'il y avait de plus en plus de monde. Le prof a d'abord fait semblant de ne rien entendre. Nous, on avait tous le nez tourné vers les fenêtres.

– Elmir, ferme ces fenêtres s'il te plaît !

Je me suis levé, c'est alors qu'on a entendu un murmure dans la classe :

un murmure – Murmeln

– É-tran-gers de-hors ! É-tran-gers de-hors !

D'un bond, le prof s'est levé et s'est dirigé vers Ismène, tout au fond de la classe.

d'un bond – *ici:* tout de suite

– Qu'est-ce que tu viens de dire ?

Tout pâle, Ismène a dit quelque chose qu'on n'a pas entendu parce qu'à ce moment-là, une détonation a ébranlé les vitres, immédiatement suivie des hurlements de la foule. Une épaisse colonne de fumée noire s'est élevée dans le ciel, du côté de la place du Marché, au cœur de la haute ville.

pâle – presque blanc

ébranler – erschüttern

Nous nous sommes tous précipités pour nous mettre le nez à la fenêtre, même monsieur Harnid.

se précipiter – aller vite, courir

– Qu'est-ce qui se passe, m'sieur ? a demandé quelqu'un.

– Je n'en sais rien, a-t-il répondu d'une voix sourde.

une voix – Stimme

sourd,e – *ici:* dumpf

Il restait vingt minutes de cours. Il nous a demandé de revenir à nos places.

– On reprend, a-t-il fait.

Mais personne, même pas lui, ne faisait attention à ce qu'il disait. On écoutait les cris, on regardait la fumée qui coupait le ciel en deux et on entendait les sirènes de police qui convergeaient vers la place du Marché. Plus personne ne pensait à ce qu'avait dit Ismène. À la fin du cours, le principal est venu dire discrètement quelques mots à monsieur Harnid qui a passé la main sur son visage, comme s'il voulait chasser un mauvais rêve. Il a quitté la classe sans nous dire au revoir.

converger – aller vers un même point

le principal – le directeur du collège

C'était le dernier cours de l'après-midi. Maman nous attendait, Naïa et moi, à la sortie. Elle paraissait très nerveuse.

– Vite ! Vite ! Les enfants, j'ai à peine le temps de vous accompagner et je dois retourner travailler ensuite.

– T'as qu'à nous laisser rentrer comme avant, ai-je répondu. On n'est plus des bébés.

– Écoute, Elmir, il ne s'agit pas d'être un bébé ou pas. Pour l'instant c'est comme ça. Les événements en ville sont suffisamment graves … On ne veut pas vous laisser seuls dans la rue. Si tu crois que ça m'amuse de quitter mon travail pour vous prendre à la sortie du collège !

un événement – Ereignis

Il faut dire que le travail de maman, c'est sacré ! Elle est sous-directrice de la bibliothèque municipale. Quand elle parle des livres, on croirait qu'elle parle de ses meilleurs amis, ses « petits chéris », comme elle les appelle. Souvent, le soir, lorsqu'elle revient à la maison avec un paquet de livres neufs qu'elle doit lire pour conseiller ses lecteurs, elle ne nous entend même plus.

sacré,e – heilig

– Je dois m'occuper de mes petits chéris, nous dit-elle dans un sourire, à papa et moi, alors faites comme si je n'étais pas là !

Et elle se plonge dans ses bouquins.

L'année dernière, la municipalité lui a acheté une vieille camionnette Peugeot. Tous les mercredis, elle remplit sa voiture d'albums pour les gosses, de livres d'images, de livres de photos pour les vieux et elle monte là-haut, dans la haute ville, à deux pas de chez Ismène, où presque personne ne sait lire. Au début, les gens étaient méfiants : ils se demandaient qui était cette folle qui venait leur prêter ces drôles d'objets qui ne servaient à rien. Et puis peu à peu, ils s'y sont habitués et attendent la camionnette de maman avec la même impatience que le retour des pêcheurs ou le marchand de plastique, quand il passe avec ses pots et ses bassines de toutes les couleurs.

une bassine – Schüssel
se faufiler – se glisser (sich schlängeln)
dense – dicht

Maman essayait de se faufiler dans les embouteillages qui étaient encore plus denses que d'habitude.

– Qu'est-ce qui s'est passé tout à l'heure ? … L'explosion ?

– Je … Je ne sais pas, un accident sans doute …

Maman ne sait pas mentir. Elle devient toute rouge et bafouille comme une petite fille qu'on aurait surprise à faire de grosses bêtises.

– Dis-moi pour de vrai ce qui s'est passé, ai-je insisté. Tu le sais !

fondre en larmes – pleurer

Elle a fondu en larmes.

– Écoute, Elmir, ce n'est pas un accident, c'est un … un attentat. Voilà !

sangloter – schluchzen

Elle sanglotait. Pour la première fois de ma vie, j'ai senti combien maman était fragile. À mon tour, les larmes m'ont piqué les yeux. J'ai passé mon bras autour de son cou et je l'ai serrée contre moi.

– Ce sont les « barbus » ? ai-je murmuré.

Elle a hoché la tête et elle a essayé de sourire, mais c'était plutôt raté, comme sourire.

foncer – aller vite, se précipiter
à toute allure – très vite

On n'a plus dit un mot. Les ambulances filaient vers l'hôpital et les cars de police fonçaient à toute allure vers le lieu de l'explosion. À chaque carrefour, les hommes des services spéciaux de la police patrouillaient, habillés comme des militaires. Ils examinaient les passagers des véhicules comme si chacun d'eux avait été responsable de l'attentat. Partout, on n'entendait que le hurlement des sirènes.

un hurlement – *ici:* Heulen

– Tu fermes la porte à clé et tu n'ouvres à personne d'autre que nous, a ordonné maman quand elle nous a déposés, Naïa et moi, devant la maison.

À voir la façon dont elle a attendu que nous entrions dans la maison pour repartir vers sa bibliothèque, j'ai réalisé que les parents avaient très peur.

4

Avec Naïa, nous restons seuls à la maison. Ses parents ne peuvent pas quitter l'hôpital à cause des blessés de l'explosion. Sa mère a téléphoné : plusieurs enfants touchés par des éclats doivent être opérés tout de suite. Maman est retenue par une réunion, quant à papa, il vient d'appeler : il rentrera très tard à cause du numéro spécial qu'ils vont sortir sur l'attentat.

un éclat – Splitter

– Dis donc, demande-t-il au téléphone, Harnid, ce n'est pas un prof de ton collège ?

– Si, le prof d'histoire, l'attentat s'est passé pendant son cours. Pourquoi ?

Il hésite avant de répondre :

– Sa fille est sur la liste des victimes …

une victime – Opfer

Impossible de m'endormir : je revois tous les événements de la journée, les cris, l'explosion, la fumée, le geste de monsieur Harnid lorsque le principal lui a dit quelque chose à l'oreille, à la fin de son cours. Je repense aussi à Ismène en train de murmurer tout seul au fond de la classe : « É-tran-gers de-hors ! »

Papa n'arrive que vers trois heures du matin et il fait un boucan épouvantable : il ferme tous les volets de la maison puis il y met les barres de fer qu'on n'installe d'habitude que pour les vacances.

un volet – Fensterladen
une barre – Stange
le fer – Eisen

Le lendemain, très tôt, la sonnerie du téléphone me réveille en sursaut. Personne ne bouge dans la maison, je décroche.

en sursaut *(m)* – tout à coup

– Elmir ? Bonjour. Je suis Larman, le rédacteur en chef du journal … désolé de te réveiller si tôt, mais je dois absolument parler à ton papa. Tu peux le réveiller ?

– Je vais voir, mais il s'est couché très tard hier.

– Je sais, mais c'est très important.

Papa ronfle doucement dans un angle du lit. Il n'a rien entendu ! Je le secoue à peine par l'épaule. Avant même que je comprenne ce qui se passe, il plonge la main sous son oreiller et en tire un revolver.

ronfler – schnarchen

Mes jambes tremblent. Il repose tout de suite son arme et se prend la tête.

– Excuse-moi, Elmir, excuse-moi. Je suis complètement idiot, mais tu m'as fait très peur quand tu es entré comme ça dans la chambre. Qu'est-ce qui se passe ?

– Larman au téléphone …

J'ai une voix de vieille chèvre et je tremble tellement que je dois m'asseoir sur le lit des parents, incapable de retenir mes larmes. Jamais je n'ai vu cette arme à la maison ! Et pourquoi papa la place-t-il sous son oreiller ? Je suis complètement stupéfait.

stupéfait,e – très surpris

Lorsqu'il revient, maman dort encore, et moi, je claque toujours des dents.

– Viens, lance-t-il, on va se faire un petit déjeuner entre hommes.

Il ouvre les volets de la cuisine très lentement, et jette des coups d'œil au-dehors, comme s'il avait peur de quelque chose. Le jour rosit à peine l'horizon. Ça sent bon le café.

rosir (qc) – rendre rose

– Les terroristes ont encore frappé cette nuit. Ils ont mis le feu à un camion qui sortait de l'imprimerie du journal. Le chauffeur s'en est tiré sans mal, mais les journaux ont brûlé.

s'en tirer – davon kommen

– Mais pourquoi font-ils ça ?

– Ils veulent faire régner leur loi dans le pays, et refusent que l'on puisse avoir une opinion différente. Les articles que l'on a écrits sur eux ne leur plaisent pas, et le numéro spécial que l'on sort demain sur l'attentat du marché encore moins, alors ils cherchent à nous impressionner, à nous faire peur.

– Et toi, ce que tu écris, ça leur plaît ?

– Non, pas du tout ! répond mon père …

– C'est pour ça que tu as acheté un pistolet ?

– Oui … Mais ce n'est pas un pistolet, c'est un revolver : il est automatique …

Papa prend une profonde inspiration.

profond,e – tief
une inspiration – *ici:* Atemzug

– Depuis quelques jours, les journalistes qui font des articles sur ces types-là sont menacés. Les rédactions des journaux reçoivent des lettres anonymes qui leur demandent de cesser immédiatement la publication des papiers qui les concernent sinon nous allons au-devant de graves ennuis. Ils sont capables de tout, c'est pour ça que j'ai acheté cette arme …

au-devant de – entgegen

– Et c'est pour ça que tu as fermé tous les volets, cette nuit ?

Il hoche la tête.

– Pour ça aussi que tu ne veux plus que j'aille en tram à l'école ?

– Oui, la police nous a mis en garde. Il faut se méfier de tout le monde. On n'a bouclé le journal que vers une heure du matin, et pourtant ils étaient déjà au courant puisqu'ils ont pu incendier un camion. Cela signifie que même chez nous, quelqu'un est de leur côté … À partir d'aujourd'hui, deux policiers vont m'accompagner toutes les fois que je me déplacerai en dehors de la maison. Larman voulait me prévenir. Ils ont trouvé de nouvelles menaces à côté du camion incendié.

boucler un journal – *ici:* terminer sa rédaction

incendier qc – brûler, mettre le feu à qc

une menace – Drohung

– Tu vas avoir des gardes du corps ! Comme Michael Jackson ?

Par la fenêtre de la cuisine, le soleil entre maintenant à flots. Je regarde papa droit dans les yeux :

– Tu oserais tirer sur quelqu'un ?

– Je ne sais pas Elmir, soupire-t-il. Personne ne peut savoir … J'aimerais que le cas ne se présente jamais.

5

J'ai l'habitude de rester seul à la maison le jeudi. Maman travaille dans sa chère bibliothèque : c'est le jour où les gens empruntent le plus de livres ; quant à papa, il est de plus en plus souvent au journal. J'en profite pour faire la tournée des copains, aller au cinéma s'il me reste un peu d'argent ou flâner sur la plage. Mais en ce moment, pas de tram, pas de ciné, pas de plage, pas de sortie … Rien du tout !

Et je commence vraiment à m'ennuyer !

Les gardes du corps de papa sont deux flics, plutôt sympa, habillés en civil. Ils connaissent des tas de sports de combat : le taekwondo, la boxe, le judo, etc. Parfois, lorsqu'ils sont en avance ou que papa n'est pas encore prêt, ils me montrent des prises de karaté sur le tapis.

Soudain, on sonne à la porte. Évidemment, interdiction d'ouvrir, mais il n'y a qu'une personne au monde pour garder le doigt appuyé sur le bouton jusqu'à ce qu'on vienne, c'est Ismène !

– Salut, Elmir ! fait-il avec un grand sourire, tiens, j'ai le rétro pour ton vélo.

Et il me le tend, enveloppé dans du papier journal. D'habitude, les jours de congé, Ismène aide son père au garage, il balaye l'atelier, transporte les bidons de vidanges dans de grands fûts en tôle qui traînent dans un terrain vague. Certainement qu'Ismène a dû négocier dur avec lui pour ne pas travailler aujourd'hui. Il vient voir le game boy que nous avons loué.

J'ai l'air fin ! Je n'ai pas encore osé lui dire que les parents refusent que je prenne le tram, ne serait-ce qu'une fois, pour que je puisse reprendre le jeu. La rage au cœur, je bafouille une vague explication, compliquée et pleine de mensonges.

– Pas grave ! Ce sera une avance pour la prochaine fois.

Ismène, c'est le meilleur copain du monde …

emprunter qc – ausleihen

un rétro(viseur) – Rückspiegel
un bidon – une bouteille en métal
la vidange – *ici:* Altöl
un fût – Faß, Tonne
la tôle – Blech

un terrain vague – unbebautes Gelände

louer – mieten

piquer qc (à qn) *fam* – prendre qc sans permission

– J'ai piqué le vélo de ma sœur, on fait un tour à la plage ?

La plage ! Sûr que ce serait bien ! L'eau est trop fraîche maintenant pour se baigner, mais le temps est superbe. Mais voilà …

– Tu sais bien que mes parents ne veulent pas que je sorte.

– Pffff ! Qu'est-ce qu'ils vont en savoir tes parents ? Quand ils arriveront, on sera rentrés depuis longtemps.

– Et s'ils téléphonent ?

– Eh bien tu raconteras que tu étais au fond du jardin, ou que tu écoutais la télé tellement fort que tu n'as rien entendu ou … je ne sais pas, moi !

Il finit par trouver l'argument décisif.

– Et ton rétro ? Il faut bien l'essayer, non ?

On pédale à toute allure contre le vent, c'est la première fois que je sors tout seul depuis plus d'une semaine. Sur la route, on croise un convoi de camions militaires qui remonte vers la ville. Depuis l'attentat, presque à chaque carrefour, des militaires et des policiers vérifient les papiers des passants et fouillent les coffres des voitures.

– Hé regarde, hurle Ismène, tu sais comment mon père les appelle, ceux-là ?

Je secoue la tête.

un cafard – Kakerlak; *ici: péjoratif* Ungläubiger
le guidon – Lenker
faire un pied de nez à qn – jdm eine lange Nase drehen
un merdeux *pop* – Rotznase
attraper qn – jdn fangen
les fesses *f fam* – Pobacken

– Des cafards !

Au moment où l'on croise le dernier camion, Ismène lâche son guidon pour leur faire un pied de nez. Deux soldats le voient et nous crient :

– Vous allez voir, bande de petits merdeux, si on vous attrape, on vous met les fesses en compote !

Ismène éclate de rire et pédale encore plus vite.

une cabane – (Holz)Hütte

La plage est presque vide. Ismène me montre une cabane, à quelques centaines de mètres, près des rochers.

– Je vais te dire un secret, un vrai ! Jure de ne jamais le répéter à personne !

– Juré sur la tête de ma mère, promets-je.

– C'est là qu'on livre des armes aux « combattants de l'ombre », murmure Ismène dans un souffle.

Je le regarde, surpris et choqué.

– T'en es sûr ?

– Sûr ! Mon frère me l'a dit. Il en fait partie.

– Larrid ! C'est un « barbu » ?

– On ne dit pas un « barbu », explique Ismène, on dit un « combattant de l'ombre ».

– Il faut prévenir la police ! Ce sont eux qui ont posé les bombes !

– Arrête de dire des idioties ! Ils font ça pour nous, pour libérer le pays de tous les étrangers et de tous les salauds qui s'enrichissent sur notre dos. Tu ne comprends pas que si on les laisse faire, notre pays va juste servir de réservoir de pétrole aux pays riches ! Ils se foutent de nous. Il faut leur montrer qui on est. Larrid m'a dit que c'était une vraie guerre qu'il fallait faire, que tous les jeunes devaient être avec eux. Alors dans une guerre, il y a forcément des bombes et des morts …

un salaud *pop* – mieser Typ

se foutre de qn *pop* – jdn für blöd verkaufen

– Mon père dit que les « barbus » sont des terroristes et que s'ils réussissent à prendre le pouvoir dans le pays, on aura plus le droit de rien faire … Si les « barbus » dirigeaient le pays, les filles comme Naïa n'auraient plus le droit d'aller au collège …

Ismène hausse les épaules et ricane.

ricaner – feixen

– Ton père, ce n'est pas parce qu'il écrit dans des journaux qu'il a raison. Larrid pense même que *La Libertté*, le journal de ton père, c'est un journal de vendus ! Un journal qui s'aplatit devant les Américains et les Européens !

un vendu – un traitre (Verräter)
s'aplatir – buckeln

À peine tourné l'angle de la rue, c'est comme si mon cœur s'arrêtait de battre. Juste devant chez nous, la chaussée est encombrée de voitures de pompiers et de police.

encombré,e de – (trop) plein de

Les jambes molles, je m'approche. Papa s'approche de moi. Il a vieilli de dix ans en une seule jour-

mou, molle – weich

un cerne – Augenring

déchirer – zerreißen

s'enfuir – fliehen

un gosse *fam* – un enfant
piétiner qc/qn – marcher sur qc/qn

une poutre – Balken

née. Son visage est gris, avec de grands cernes sous les yeux, il souffle, comme s'il avait eu du mal à respirer. Il me serre l'épaule et murmure, d'une voix rauque que je ne lui connais pas :

– Ne nous refais jamais ça, Elmir …

Les larmes aux yeux, je réponds d'une toute petite voix :

– C'est Ismène, il voulait qu'on aille pê…

Impossible de continuer ! Je viens d'apercevoir maman dans un fauteuil, les vêtements déchirés, le visage et les mains noirs. Les yeux fermés, elle se tient la tête entre les mains. Je me précipite. Pendant un long moment, nous restons en silence, serrés l'un contre l'autre. Elle a une drôle d'odeur, maman. Une odeur de brûlé, comme le jour où je me suis fait griller les poils des bras au-dessus d'un barbecue.

– Qu'est-ce qui est arrivé ? finis-je par murmurer.

Elle ne m'entend pas et continue de me caresser la tête, le visage immobile, les yeux dans le vague.

Des livres entassés à la va-vite encombrent l'entrée, des gros, des petits, des vieux, des neufs, la couverture de certains est déchirée, d'autres portent des traces noires, comme s'il avaient été brûlés. Papa s'approche.

– « Ils » ont mis le feu à la bibliothèque cet après-midi. Deux types sont entrés comme de simples lecteurs, au moment où il y avait le plus de monde. Dans la grande salle, l'un d'eux a sorti un bidon d'essence dont il a arrosé les livres, l'autre a jeté un briquet et ils se sont enfuis à toutes jambes. En deux secondes, les flammes sont montées jusqu'au plafond. Tu imagines la panique. Les gens se sont bousculés pour atteindre la sortie, des gosses ont été piétinés, l'un est gravement blessé. Tu penses que dans un vieux bâtiment comme la bibliothèque, avec les poutres et les planchers en bois, le feu a pris comme une allumette ! En quelques minutes, les flammes ont gagné l'étage. Ta mère n'avait qu'une idée en tête :

sauver les livres. Les pompiers ne l'ont sortie du bâtiment qu'au dernier moment, elle commençait à s'asphyxier. Ils ont voulu l'emmener à l'hôpital, mais elle se débattait tellement qu'ils ont fini par abandonner. Comme une automate, elle a chargé tous les livres dans sa voiture. J'ai foncé à la bibliothèque dès qu'on m'a prévenu, mais le temps d'arriver, elle était déjà ici … Elle n'a pas ouvert la bouche depuis que je suis là … Je viens d'appeler la mère de Naïa, elle arrive tout de suite.

Maman a vraiment une drôle d'allure. Pas tant à cause de ses vêtements déchirés et brûlés que de son visage qui garde une fixité inquiétante. Papa lui tient la main et l'appelle doucement :

– Zelma, Zelma. Ça va aller mieux, ne t'inquiète plus, c'est fini, maintenant … Tu as sauvé énormément de livres.

Mais elle reste plus immobile que jamais, comme si elle n'était pas là.

un pompier – Feuerwehrmann

(s')asphyxier – ersticken

coller – kleben
coller le nez sur qc – regarder qc de très près

Dans le hall du collège, on est tous là, le nez collé sur l'affiche que le principal vient de mettre au mur.

En raison d'événements familiaux,
monsieur Harnid n'assurera pas
ses cours aujourd'hui et demain.
Reprise prévue mercredi. Merci.

les décombres *m* – Trümmer

La fille de monsieur Harnid était à deux pas de la bombe lorsqu'elle a explosé au marché. Les pompiers et les secouristes l'ont sortie vivante des décombres, mais elle est morte pendant qu'on la transportait à l'hôpital.

Au collège, c'est le bazar des grands jours. Presque tous les collègues de monsieur Harnid assistent à l'enterrement de sa fille. Seul le professeur de physique est présent. Certains l'ont vu entrer dans la salle des profs.

– Normal, ricane Aoual, le prof de physique, c'est un « barbu ». Ce sont ses copains qui ont posé la bombe.

la ramener *fam* – angeben

Je hausse les épaules. Aoual aime bien la ramener parce que son père est commissaire de police.

– Il n'a même pas de barbe, ton barbu …

se méfier de – misstrauen

– Justement, ce sont les pires, ceux qu'on ne reconnaît pas. Mon père dit qu'il y en a partout : dans les rues, chez nos voisins, même chez nos amis. Il faut se méfier de tout le monde ! Et moi je te dis que ce prof, c'en est un. Je l'ai aperçu dans la manifestation de l'autre jour …

débranché,e de – sans contact avec

ballant,e – hängend

Les copains me posent des questions. Presque tous connaissent ma mère, avec sa vieille Peugeot pleine de livres. Je n'ai rien à leur répondre, si ce n'est que depuis le drame, ma mère semble débranchée de la vie. Le matin, elle met sa veste, comme pour aller travailler, mais reste sur le pas de la porte, les bras ballants pendant que papa s'éloigne entre ses deux gardes du corps. Elle parle à peine, ne lit plus et passe ses journées immobile à côté de la fenêtre, les yeux égarés. Mais tout cela, je le garde pour moi.

– Qu'est-ce que vous faites là ? hurle soudain un surveillant, tout le monde en salle de permanence et au galop !

Bousculade générale, tout le monde chahute. L'arrivée du principal remet un peu d'ordre.

– Ceux qui ont une autorisation de leurs parents peuvent rentrer chez eux à condition de me la montrer avant.

Je n'en ai pas, évidemment, mais je tente quand même le coup et je me mets dans la file. Le principal jette un coup d'œil rapide sur les autorisations de sortie des élèves qui se bousculent.

Mon tour arrive. Mon cœur bat, mais je présente l'autorisation avec mon pouce à l'emplacement de la signature.

– C'est bon, dit-il, et il regarde déjà le suivant.

Je cours comme un fou à travers les ruelles de la vieille ville, bouscule les gens, me heurte aux vieux qui prennent le soleil d'automne sur le pas de leur porte. On me crie dessus :

– Peux pas faire attention, non ? Sale gosse !

Le cœur à mille à l'heure, la bouche sèche, la gorge douloureuse d'avoir tant couru, je ne m'arrête que devant la bibliothèque de maman. Ce qu'il en reste plutôt … Un tas de pierres noircies. J'en fais le tour, la vue brouillée par les larmes.

Derrière, dans la cour, la vieille camionnette Peugeot de maman semble avoir échappé aux flammes, mais quand je m'approche, je constate que les vitres ont explosé et que, sous la chaleur, les pneus ont éclaté.

De l'autre côté, un livre traîne par terre. Il n'a pas l'air abîmé, sa couverture est juste un peu déchirée. Je me faufile, ce sont les *Aventures du capitaine Hatteras* de Jules Verne. Ses pages ont pris l'humidité, je les sépare délicatement. Je vais le rapporter à maman …

égaré,e – perdu; *ici:* verstört
chahuter – faire du bruit
tenter – essayer
une file – Reihe, Schlange
brouillé,e – getrübt
abîmé,e – beschädigt
l'humidité *f* – Feuchtigkeit

le capot – Motorhaube

une ride – Falte

un nœud – Knoten

un figuier – Feigenbaum

un nénuphar – Seerose

Trois jours plus tard, pour la première fois de ma vie, papa m'attend à la sortie du collège. L'un des gardes du corps se tient juste derrière lui et l'autre, assis sur le capot de la voiture, prend l'air d'un père qui attend son fils. En fait, ils surveillent chacun des passants, prêts à intervenir au moindre geste suspect.

Mon père me fait un signe de la main. Les rides de son front se sont encore plus creusées ces derniers jours.

– Elmir, ta mère est très fatiguée depuis l'incendie de sa bibliothèque. Elle a besoin de se reposer dans un endroit calme, loin de tout ce qui se passe en ce moment. Alors cet après-midi, je l'ai emmenée dans une maison de repos que les parents de Naïa m'ont conseillée. C'est au bord de la mer, elle va y rester quelque temps. Pour nous revenir en pleine forme … ajoute-t-il avec un sourire qui n'en est pas un.

– C'est un hôpital ?

– Un petit peu …

– Et elle ne pouvait pas se reposer à la maison ?

Je sens un nœud se former au fond de ma gorge.

– C'est mieux pour elle d'être éloignée de tous les soucis. Mais on va se débrouiller comme des chefs, tous les deux. Allez, je t'emmène la voir, mais tu ne lui feras qu'un petit coucou de l'extérieur, par la fenêtre, les enfants n'ont pas le droit d'y entrer.

Je préférais ne pas y aller, mais c'est difficile à expliquer.

À une trentaine de kilomètres de la ville, nous tournons à gauche vers un grand bâtiment caché au milieu des arbres : des palmiers gigantesques, des citronniers et des figuiers qui commencent à perdre leurs feuilles.

– C'est là, a murmuré papa.

Nous nous arrêtons devant un bassin où traînent quelques poissons rouges sous de grosses feuilles de nénuphar. Assis sur des bancs, des hommes et des femmes silencieux nous observent, beaucoup ont le même regard que maman. Un regard de poisson rouge.

– Deuxième étage, la troisième fenêtre … Attends un peu, je vais la prévenir que tu es là …

Le nez en l'air, j'attends. Le vent porte jusqu'ici le bruissement de la mer toute proche. Le rideau s'écarte, maman apparaît, pâle et mal peignée. De la main, je lui fais un petit signe auquel elle répond à peine. Nous nous regardons un moment, puis le rideau efface son visage.

un bruissement – Rauschen
peigné,e – gekämmt

Je repense aux *Aventures du capitaine Hatteras*. Je suis certain que les rapporter à maman la guérirait. Certainement mieux que ce grand bâtiment triste face à la mer …

guérir – ≠ tomber malade

Il doit être très tôt, papa s'active déjà dans la maison. Je tends la main vers mon réveil : cinq heures et demie. Pourquoi s'est-il levé si tôt ? Soudain, papa entre dans ma chambre.

– Tu ne dors pas ! demande-t-il comme si ça ne se voyait pas.

– Non, je … Je pensais à des choses.

Ma voix tremble. Papa semble très fatigué, avec ses vêtements tout froissés, un teint jaune que je ne lui connais pas et ses yeux cernés.

froissé,e – zerknittert

– Elmir, je dois partir tout de suite au journal … Il s'est passé des choses très graves, cette nuit … On a assassiné Larman, le rédacteur en chef. Il a été pris dans une embuscade avec ses gardes du corps, devant la bibliothèque.

assassiner qn – tuer qn
une embuscade – Hinterhalt

Je m'écroule en larmes. Papa s'approche et me serre contre lui en silence.

– Habille-toi tout de suite, murmure-t-il, je te dépose chez Naïa.

Le père de Naïa est un gros bonhomme impressionnant. Je ne l'ai pas souvent vu, il passe plus de temps dans son hôpital que chez lui. Dès que j'arrive, il m'accueille en pyjama, avec un grand sourire.

dès que – à partir du moment où

– Pour les lève-tôt, il faut un petit déjeuner sérieux, annonce-t-il pendant qu'il dépose devant moi ce qui doit être une soupière de lait et un énorme pain au sésame recouvert d'au moins un kilo de miel qui dégouline jusque sur le carrelage.

Il se met à table, face à moi, devant une bassine de café qu'il engloutit comme un ogre, et mange un morceau de nougat aux pistaches. Les miettes dégringolent dans son pyjama entrebâillé. Je touche à mon pain du bout des lèvres.

dégouliner – tropfen
le carrelage – Fliesen-(boden)
engloutir – boire ou manger rapidement
un ogre – Menschenfresser
entrebâillé,e – à demi ouvert

– Hé, il faut que tu manges, mon bonhomme, si tu ne fais pas le plein de carburant, tu vas tomber en panne au milieu de la matinée … Tu préfères ça ?

faire le plein de carburant – voll tanken; – *ici:* bien manger demande-t-il avant de me casser un énorme bout de nougat.

Je secoue la tête, le père de Naïa vient poser sa main sur mon épaule.

– Tu t'inquiètes pour ton père, hein ? Ne t'en fais pas ! Il est protégé par deux flics capables de transformer tous ces imbéciles en steaks hachés. Avec deux types comme ça, il n'y a pas de danger. Le moindre geste et couic ! Comme ça !

un imbécile *fam* – Blödmann

Il presse l'éponge de ses grosses mains comme s'il égorgeait quelqu'un. Toute l'eau dégouline sur ses pieds.

égorger – erwürgen

– Et merde ! …

J'éclate de rire. Il me regarde et sourit :

– Tu rigoles, c'est bon signe, il ne te reste plus qu'à manger pour reprendre vie. Bon, dis donc, ce n'est pas tout ça, mais j'opère ce matin à l'hôpital, alors je m'habille et je file vite fait. Fais comme chez toi et je te confie la lourde tâche d'aller réveiller ta petite chérie vers sept heures …

confier qc à qn – jdm etw anvertrauen
une tâche – un devoir (Aufgabe)

Je le regarde et je deviens rouge comme une tomate.

– Bah oui, quoi ? Ce n'est pas ta petite chérie, Naïa ? Bon, alors ne me regarde pas comme si je te l'apprenais !

Quelques minutes plus tard, il réapparaît en costume. Il m'adresse un clin d'œil avant de partir.

– Et n'oublie pas de la réveiller …

Par la fenêtre, je le regarde partir. Deux types en moto l'attendent devant sa porte. Il s'approche d'eux pour discuter un bref moment. Dès que sa voiture démarre, les motards le suivent.

Le père de Naïa a aussi des gardes du corps ! …

À l'enterrement de Larman, tout le monde pleurait. Même Moulay, le journaliste sportif du journal, un type immense, qui avait été champion de boxe amateur quelques années auparavant dans la catégorie « superlourd ». C'était curieux de voir son visage tout cabossé

cabossé,e – zerbeult

ruisseler – triefen

qui ruisselait de larmes. Les journalistes de *La Libertté* avaient sorti ce jour-là un numéro qu'ils offraient à toutes les personnes présentes. Toutes les pages étaient noires, sans un seul article, sauf à la une où on pouvait lire en grosses lettres blanches : « Voici à quoi ressemblera votre journal si on laisse agir le terrorisme. »

se réfugier – sich flüchten

Avec papa, nous nous tenions à côté de la femme de Larman et de ses enfants. Dès l'annonce de la mort de son mari, elle avait décidé de quitter le pays et de se réfugier en France. Ses billets d'avion étaient déjà pris.

Quelques jours après l'enterrement de Larman, quand il est arrivé à la maison, papa avait une drôle d'allure. Il avait épaissi, comme s'il était devenu plus gros en un seul jour.

– T'as passé ta journée au restaurant ? ai-je rigolé et je l'ai tapé sur le ventre.

Ça a fait « schponk ».

en garde *(f)* – *ici:* in Verteidigunsposition

– Tu veux te battre, petit gars ? Il a souri et s'est mis en garde.

On a échangé quelques coups,et chaque fois que je le touchais, on entendait le même « schponk », comme si j'avais tapé contre un mur.

la triche – Schummelei
avaler – manger (ou boire)
une enclume – Amboss

– C'est de la triche, ai-je fini par dire, tu as avalé une enclume !

– Tu as presque raison, a-t-il répondu et il a relevé son pull.

– Qu'est-ce que c'est que ce truc ?

une carapace – *pour un animal:* Panzer
verdâtre – presque vert
un gilet pare-balles – kugelsichere Weste

Il portait une sorte de carapace verdâtre qui lui prenait tout le ventre et la poitrine.

– Un gilet pare-balles …

– Un gilet pare-balles, ai-je répété d'un air parfaitement idiot. Pour quoi faire ?

– Elmir, ce matin, j'ai accepté de devenir le nouveau rédacteur en chef du journal. Ça signifie que je vais être obligé de faire encore plus attention qu'avant. Voilà tout.

– Pour que ça ne fasse pas comme avec Larman ?

– Exactement …

Papa vient me prendre à la sortie du collège, je suis excité comme tout : pour une fois, c'est moi qui vais lui fournir une information. Dès que je le vois, je lui crie :

– Hé ! La police est venue arrêter le prof de physique ce matin !

– Oui, je sais, répond papa. Ils ont lancé un coup de filet anti-terroriste sur toute la ville. Une trentaine de personnes ont été arrêtées. Mais avec ton prof, ils ont fait très fort !

un coup de filet – Netzfahndung

– Qu'est-ce qu'il a fait ?

– Lui ? La police nous a donné des renseignements sur ses activités. Il est ce qu'on appelle un instructeur. Au collège, il donne des cours de physique et de chimie, mais en dehors, il apprend aux terroristes à fabriquer des bombes. Il trouve les produits nécessaires dans les réserves du collège … Pas plus compliqué que ça ! C'est un type ultra-compétent. Au début de sa carrière, il a travaillé pour une usine d'armement et connaît tout sur la manipulation des explosifs. Par la suite, il a préféré devenir prof, ça lui laissait plus de temps pour ses activités clandestines, mais surtout, il pouvait plus facilement découvrir des jeunes prêts à le suivre.

clandestin,e – secret

Des bombes ! Alors la bombe du marché, celle qui avait tué la fille de monsieur Harnid, c'était peut-être lui ? Et pourtant je me souvenais l'avoir vu dans un couloir, en train de rire avec le prof d'histoire. La phrase du policier qui a arrêté le prof de physique ce matin m'est revenue en mémoire : « un terroriste n'est jamais un ami … »

Pour la première fois, les médecins ont autorisé maman à sortir de sa chambre. Ils disent qu'elle va mieux. Ce n'est pas vrai ! Le jour où sa bibliothèque a brûlé, elle s'est arrêtée de vivre. Oh, bien sûr, elle bouge, elle mange, elle respire, mais pas plus. Elle parle à peine, ne sourit plus jamais et jette sur toutes les choses un regard vide. Rien ne l'intéresse.

Immédiatement après le dîner, papa est reparti au journal pour boucler le numéro du lendemain. Les deux gardes du corps en moto l'accompagnaient.

Je n'ai pas encore commencé mon travail, ce qui ne m'inquiète pas trop. À vrai dire, depuis l'incendie et le départ de maman en maison de repos, je ne fais plus rien au collège. Quelle que soit la matière, mes notes dégringolent : mes derniers contrôles sont tout simplement catastrophiques. Pas une note au-dessus de huit ! Heureusement, entre le journal, l'organisation de notre vie à la maison et les visites quotidiennes à maman, papa n'a pas une minute pour s'occuper de mon travail scolaire et signe les horreurs que je rapporte avec une distraction surprenante.

– Et au collège, ça marche ? demande-t-il parfois, l'air absent.

Je réponds par une sorte de grognement. Puis j'entre dans ma chambre et j'ouvre la fenêtre. Dehors, le garde du corps fume une cigarette pendant qu'il fait les cent pas.

faire les cent pas – auf und ab gehen
un soupir – Seufzer
l'agacement *m* – l'irritation
avoir lieu – se passer

Avec un soupir d'agacement, j'ouvre mon livre de math à la page 119. Le cours a eu lieu juste après le départ de la police et le prof a commencé une nouvelle leçon, mais les élèves avaient tous la tête ailleurs ! Résultat : je ne me souviens même plus d'avoir pris des notes. Je parcours le problème des yeux … Bon, « hypoténuse », ça me dit vaguement quelque chose, mais « cosinus » ! … Je ne savais même pas que ça existait, ces choses-là. Je dessine un très beau triangle dont je colorie les angles en rouge et j'écris n'importe quoi. Une chance sur un milliard pour que ce soit la bonne réponse !

ailleurs – anderswo

Alors que je m'endors sur mon livre, un bruit sourd me fait lever la tête. Je regarde par la fenêtre, le jardin est plongé dans l'obscurité. Pas un bruit. À mi-voix, j'appelle le garde qui ne répond pas, il doit être rentré. Je ne voudrais pas qu'il s'imagine que j'ai peur, mais j'aimerais l'entendre … Mal à l'aise, je me rassois et j'écoute les moindres bruits de la maison. Un bruit de pas au rez-de-chaussée me rassure, je reprends mon livre …

mal à l'aise – unbehaglich

Soudain, vlam ! Ma porte s'ouvre violemment. Un cri me reste dans la gorge. Trois types me tombent dessus. Noirs, cagoulés, des « combattants de l'ombre » ! Je tente à peine de me défendre. En trois secondes, je suis ligoté et bâillonné. Les yeux brouillés de larmes, le cœur prêt à exploser, je ne peux détacher mon regard du plus petit des trois hommes. À travers l'étroite fente de sa cagoule, je ne vois que ses yeux. Sombres, furtifs, inquiets. Larrid ! C'est lui ! J'en suis sûr. Il finit par détourner le regard.

ligoter – lier (fesseln)
bâillonner – knebeln

détacher – lösen
sombre – ≠ clair
furtif, -ive – *ici:* ausweichend
détourner le regard – regarder ailleurs

– Tu t'appelles bien Elmir ? demande l'un des deux autres.

Je hoche la tête.

– Et ton père est bien le nouveau rédacteur en chef de *La Libertté* ? Il est au journal en ce moment ?

Nouveau hochement de tête.

– Écoute bien ce que je vais te dire. D'abord on va retirer ton bâillon, et comme t'es un brave garçon, tu ne vas pas crier …

Sur un signe, le plus petit dénoue le foulard. Ses mains tremblent.

– Très bien ! On va s'entendre, tous les deux … Maintenant, tu vas appeler ton père. Dans la boîte aux lettres du journal il trouvera une grande enveloppe. Il doit publier en première page le texte qui est dans cette enveloppe. Il ne viendra ici que lorsque le journal sera imprimé, et il apportera un exemplaire comme preuve. Si tout se passe bien, on disparaît sans te faire de mal. Mais surtout, qu'il ne prévienne pas les flics, sinon …

une preuve – Beweis

Au téléphone, papa est atterré, sa voix tremble sans qu'il cherche à la maîtriser.

atterré,e – am Boden zerstört

– Ils ne t'ont pas fait mal, Elmir ?

– Non, papa, je t'assure. Ça va …

– Et le garde du corps ?

– Je ne sais pas …

– Bon, ça suffit, gronde celui qui semble être le chef, vous vous raconterez votre vie une autre fois !

Et il raccroche le téléphone.

L'attente commence. Des minutes terriblement longues … Des heures interminables …

interminable – → se terminer

Le chef est descendu tandis que les deux autres restent avec moi. Toujours attaché, j'essaye de retrouver dans l'attitude du plus petit des caractéristiques de Larrid. Chaque fois que nos regards se croisent, l'autre se détourne. Le troisième surveille l'extérieur. Au bout d'un moment, le plus petit prend un petit couteau qui est sur mon bureau et sort de la pièce. Quand il revient, il a fait un trou dans sa cagoule pour pouvoir fumer une cigarette.

J'essaye de me souvenir si Larrid fume. Il ne me semble pas. Alors ce ne serait pas lui ? …

La nuit s'avance. Personne ne parle. Debout près d'une étagère, le plus petit feuillette *Le dernier des Mohicans*, un livre que j'ai plusieurs fois prêté à Ismène. Il adore lire, Ismène, mais ses parents n'ont jamais de quoi lui acheter un livre. De toute façon, ils trouvent que c'est de l'argent jeté par les fenêtres. Derrière la cagoule, les yeux font un rapide aller et retour vers moi. Il a reconnu le livre ! C'est Larrid, j'en suis sûr !

feuilleter – blättern (→ une feuille)

Je me sens écrasé de fatigue. Trop fatigué, même pour avoir peur. Pendant un moment, je lutte contre l'envie de dormir, les ombres des « combattants » passent et repassent devant moi, noires et silencieuses. Je m'écroule de sommeil.

le sommeil – le fait de dormir

– Elmir, Elmir !

De grands bras chauds me serrent, une voix m'appelle, mais je dors toujours. Mes yeux refusent de s'ouvrir, mes bras et mes jambes refusent de bouger.

Je voudrais crier mais j'en suis incapable. Je suis paralysé, mort vivant ! J'ouvre enfin les yeux. Il fait jour. Mon père me tient contre lui, pas rasé, les yeux rougis par la nuit blanche qu'il vient de passer.

une nuit blanche – une nuit sans sommeil

On reste un long moment l'un contre l'autre. Je pleure sans chercher à cacher mes larmes.

– Et les trois types ? murmuré-je dans un sanglot après avoir entendu du bruit dans la maison.

– Ne t'inquiète pas, ils sont repartis. Ce que tu entends, c'est la police qui tente de trouver des indices. Ils ne t'ont pas fait de mal ?

Je secoue la tête en silence. J'ai des bleus aux chevilles et autour des poignets, mais ce n'est pas trop douloureux.

un bleu – Bluterguß
la cheville – Knöchel
le poignet – Handgelenk

– Il ne faut surtout pas en parler à Zelma, hein ! me dit papa avec un pauvre sourire. Plus tard on la mettra au courant de toutes nos aventures.

Un gros flic entre dans la pièce. Il voudrait que je lui raconte ce qui s'est passé depuis hier soir, ce que les trois types ont dit, comment ils étaient habillés, s'ils avaient l'air de connaître la maison, s'ils parlaient avec un accent … Je lui dis tout ce que je sais sans prononcer le nom de Larrid.

– Et le garde du corps, sais-tu ce qu'il est devenu ?

Je n'en ai pas la moindre idée. Je lui parle cependant du coup sourd que j'ai entendu juste avant que les trois hommes n'entrent dans ma chambre.

– Comme le bruit de quelqu'un qui tombe par terre ? demande le policier.

– Oui, ça y ressemblait.

Il paraît soulagé.

soulagé,e – erleichtert

– On dirait que ça vous fait plaisir !

– Non, ça ne me fait pas plaisir, on ne sait pas ce qu'il est devenu et c'est un ami. Mais s'ils l'ont assommé, ça signifie qu'il n'est pas du côté des terroristes …

assommer qn – jdn niederschlagen

Quand je sors de la chambre, machinalement, je jette un coup d'œil vers la bibliothèque. *Le dernier des Mohicans* a disparu !

un éditorial – Leitartikel

Dans le numéro de *La Liberté* qui traîne sur la table de la cuisine, l'éditorial de mon père est remplacé par un grand encadré qui occupe toute la première page :

les nôtres – *ici:* nos frères

le mépris – ≠ le respect

exiger – fordern

faute de quoi – sinon (wenn nicht)

vaincre – (be)siegen

> À la suite des manifestations qui ont mobilisé des centaines de milliers de personnes dans tout le pays, le gouvernement a choisi la force plutôt que la compréhension.
> L'arrestation de plusieurs des nôtres montre clairement son mépris pour le peuple. Au bonheur du pays, le gouvernement préfère l'argent des étrangers. Nous exigeons que tous nos prisonniers soient libérés aujourd'hui même avant minuit, faute de quoi nous nous estimerons en état de guerre.
>
> **Nous sommes le peuple.**
> **Nous vaincrons le parti des étrangers**
> **car Dieu combat aux côtés de ses fils.**
> *Les combattants de l'ombre*

Je ne suis retourné au collège que deux jours après.

Le matin, Mi nous accompagne toujours, Naïa et moi, mais la nouveauté, c'est que maintenant, comme pour papa, deux flics en moto ne nous quittent pas une seconde : Ils s'interposent toujours entre nous et les voitures les plus proches. Un des policiers a constamment une arme à la main.

Mon père évite de plus en plus de sortir. Il limite ses trajets au strict nécessaire : aller de la maison au bureau et retour. Le soir, ses gardes du corps viennent seuls nous prendre à la sortie du collège.

un beignet – fritierter Krapfen

Les interdits pleuvent : plus le droit d'aller chez Naïa qui pourtant n'habite qu'au bout de la rue, plus le droit d'aller rue Haftine croquer des beignets de la vielle Nourrédia, et je ne parle pas de pêcher ou de faire du vélo …

Au collège, le principal a aménagé une pièce où, avec quelques autres dont les parents ont également été menacés, nous passons les récréations. Par la fenêtre, je regarde les copains faire des parties de foot. De temps à autre, Ismène, le visage rouge, lève le regard vers moi.

Naïa vient presque tous les soirs à la maison pour ne pas rester seule chez elle. Nous faisons nos devoirs ensemble et puis nous regardons la télé ou nous écoutons la cassette de Michael Jackson jusqu'à ce que ses parents passent la prendre. Parfois, avant de venir, elle va chercher Mouli chez elle et nous essayons de lui apprendre des tours : tenir une balle en équilibre sur le nez ou faire le beau sur son unique patte arrière. Il ne comprend rien de ce qu'on lui demande et préfère dormir, roulé en boule sur le tapis.

Hier soir, après avoir déposé Naïa chez elle, les gardes du corps ont filé droit devant eux sans s'arrêter au lieu de me laisser à la maison.

– Mais … où va-t-on ?

– Ton père nous a donné une adresse où le rejoindre.

Derrière les volets fermés, les deux pièces sombres sentaient le renfermé. Une petite terrasse mal entretenue donnait sur la ville avec, à l'horizon, les grues du port. Dans la plus grande pièce, un évier et un réchaud à gaz servaient à la fois de cuisine et de « salle de bains ».

– On va habiter là quelque temps, a simplement dit papa.

– Mais … Et notre maison ?

– C'est devenu trop dangereux, Elmir. Deux journalistes ont encore été assassinés quand ils sont sortis de chez eux ce matin. Ils avaient simplement écrit que le gouvernement faisait bien de ne pas relâcher les terroristes arrêtés l'autre jour. Nous allons habiter ici jusqu'à ce que les choses se calment … Et puis nous reviendrons chez nous, a-t-il ajouté dans un sourire.

aménager – einrichten

sentir le renfermé – muffig riechen
entretenir qc – s'occuper de qc
une grue – Kran
un évier – Spülbecken
un réchaud – (Gas)Kocher

– Et Naïa ! Elle va rester seule chez elle ? On ne va plus se voir ?

Je criais presque.

– Vous vous verrez au collège Elmir, a soupiré papa. Je t'en prie ne complique pas la situation. Nous n'avons pas le choix. C'est ça ou vivre dans la peur perpétuelle.

perpétuel,le – ständig

Debout sur la terrasse, je regarde la nuit.

Les « combattants de l'ombre » ont promis une gigantesque manifestation si le gouvernement ne libérait pas ses prisonniers. C'est pour aujourd'hui.

Tout est fermé. La ville semble morte. Les commerçants ont tiré les grands volets métalliques devant leurs boutiques, le maire a interdit le marché et des gendarmes ont repoussé les paysans qui voulaient quand même s'installer sur les trottoirs pour vendre leurs produits. Le principal du collège nous a annoncé hier que par mesure de sécurité, les cours n'auraient pas lieu et que les grilles resteraient fermées. La circulation des trams est interdite en centre ville. De longues files de camions militaires aux fenêtres grillagées stationnent le long des artères principales et, dans le ciel, des hélicos kaki tournent au dessus des toits dans un bruit terrible.

Papa était très nerveux ce matin quand il est allé au journal : depuis plusieurs jours il a demandé une protection spéciale des bureaux de *La Libertté*, personne ne lui a encore répondu. Son arme dans la poche, il a longuement inspecté la rue avant de partir, accompagné par ses gardes du corps.

Bientôt midi. Du haut de notre minuscule terrasse, j'observe les moindres mouvements. À côté de moi, pistolet mitrailleur en bandoulière, le policier ne cesse d'observer la ville à l'aide d'une paire de jumelles. Rien ne bouge. Soudain, tout là-bas, vers la colline où habite Ismène, une rumeur. Le policier tourne ses jumelles dans la direction.

– Les voilà, murmure-t-il entre ses dents.

Ce n'est qu'un fourmillement, mais en quelques minutes, les rues se remplissent. La rumeur devient plus insistante, plus bruyante : un grondement, des cris, des hurlements, des slogans repris à pleine voix par des milliers de personnes. Trop lointains pour qu'on les comprenne. L'avenue principale de la ville

minuscule – très petit
un pistolet mitrailleur – Maschinenpistole
en bandoulière – um die Schulter gehängt
cesser – ≠ continuer

une rumeur – un bruit diffus (causé par la foule, p.ex.)

un fourmillement – Gewimmel

est bientôt noire de monde. Le bruit des voix prend encore de l'ampleur :

– Vengeance! Vengeance ! Libérez nos prisonniers !

Les haut-parleurs posés sur des toits de voitures reprennent leur slogan favori :

– É-tran-gers de-hors ! É-tran-gers de-hors !

Repris par toutes les voix, le cri est si fort que j'ai l'impression qu'on me hurle dans les oreilles.

– Mais combien sont-ils ? demande le garde du corps.

Tout à coup, une terrible explosion fait vibrer tous les murs, immédiatement suivie d'une seconde, aussi violente mais plus proche. Instinctivement, je me jette par terre, les bras au-dessus de la tête pour me protéger. Pendant d'interminables secondes, les collines se renvoient l'écho de l'explosion. Je ne me relève que lorsque le bruit s'arrête, sonné, frissonnant, les oreilles pleines de sifflements.

Deux immenses spirales de fumée noire s'élèvent. L'une au pied de la colline d'Ismène, l'autre, plus proche, derrière l'hôtel de ville, à quelques centaines de mètres de notre terrasse.

Le policier de garde s'est précipité sur sa radio portative. La fréquence « police » est encombrée de dizaines de messages d'urgence qui se télescopent.

– Appel à toutes les voitures, appel à toutes les voitures …

– Unité 34, disponibilité immédiate … Contact avec le quartier général !

– Unité 34, reçu.

– Secteurs 5 et 6, repli sur l'hôtel de ville.

– Contact gendarmerie. Libérez les voies d'accès aux hôpitaux.

– Dispensaire Kaddouz, voiture piégée, nombre de blessés indéterminé. Secours immédiat exigé. Je répète, dispensaire Kaddouz …

Je sursaute, le dispensaire Kaddouz, c'est là que travaille Mi, la mère de Naïa !

l'ampleur *f* – la largeur; *ici:* l'intensité
la vengeance – Rache

sonné,e – *ici:* benommen

se téléscoper – sich überlagern

la disponibilité – Verfügbarkeit (→ disponible)

le repli – Rückzug

piégé,e – *ici:* avec une bombe à l'intérieur

sursauter – aufschrecken (→ en sursaut)

Je prends les jumelles des mains de mon policier. Des silhouettes apparaissent devant le bâtiment gris et moche du dispensaire. Derrière la fumée, j'aperçois plusieurs corps étendus par terre et des personnes qui s'occupent d'eux. Je n'arrive pas à trouver Mi dans ce fourmillement.

– C'est le dispensaire des enfants, dis-je d'une voix faible au policier.

Sans un mot, il reprend les jumelles et les dirige vers l'autre colonne de fumée.

– Et là, le nouveau café, annonce-t-il. Tu y comprends quelque chose, toi ? me demande-t-il. Le nouveau café, passe encore, c'est copié sur les Américains et ils détestent ça. Dès le début, les « barbus » ont toujours proclamé que ce restaurant était une provocation et depuis un mois il ne se passe pas une journée sans qu'on soit appelé là-bas pour une alerte à la bombe. Mais le dispensaire, bon sang ! Leurs gosses, leurs femmes, tout le monde y va ! Pourquoi faire ça ? Pourquoi ?

11

– C'est même pas vrai, hurle Ismène, rouge de colère, pourquoi est-ce que les « combattants de l'ombre » auraient fait sauter des voitures au moment où ceux qui les soutiennent étaient dans la rue ? Pourquoi ils tueraient ceux qui sont avec eux, hein ?

– Parce qu'ils veulent que tout le monde ait peur, imbécile ! Il n'y a que des terroristes et des criminels pour poser une bombe devant un hôpital où on soigne les bébés, voilà tout ! gronde Aoual. Mon père le sait mieux que toi, non ?

– Eh bien moi, mon père dit que les assassins, ce sont les policiers qui ont piégé les voitures pour faire croire à un attentat des « combattants de l'ombre » ! Et d'abord, Aoual, ton père n'est qu'un gros flic pourri !

pourri,e – verwesen, morsch; – *ici: fam* corrompu (korrupt)

Le poing d'Aoual vient s'écraser sur la figure d'Ismène.

En une seconde, la nouvelle de la bagarre fait le tour de la cour. Le principal arrive.

– Vous ne pensez pas qu'il y a assez de violence comme ça à l'extérieur ? hurle le principal. Mettez-vous dans la tête que si vous êtes ici, c'est pour travailler, rien d'autre. Le reste n'a rien à faire au collège. C'est compris ?

Depuis trois jours, pas de nouvelle de Naïa. Je laisse le téléphone sonner chez elle sans arrêt, personne ne répond jamais.

– Ne t'inquiète pas, Elmir, assure papa, s'il était arrivé quelque chose de grave, je le saurais. Elle a sans doute été choquée par l'attentat du dispensaire et a besoin d'un peu de calme. Ou alors elle est tout simplement malade.

– On n'a qu'à aller voir, comme ça, si elle est malade, je lui apporterai ses leçons, dis-je.

– Elmir, ce n'est pas le moment, soupire-t-il, je suis débordé de travail.

débordé,e – *ici:* überhäuft

Je hausse les épaules et pars m'enfermer dans le cagibi qui me sert de chambre.

un cagibi – Verschlag

Je le sais bien, qu'il a du travail par-dessus la tête ! Plusieurs journalistes de *La Liberté*, menacés eux aussi, ont préféré démissionner. Personne ne les a remplacés, et malgré cela le journal continue de sortir chaque matin. Mais je devine surtout que papa a peur de sortir. Depuis qu'on habite ici, tout est organisé pour que ses déplacements soient imprévisibles : il quitte chaque jour la maison à une heure différente, ne prend jamais le même chemin pour aller au bureau et ne part jamais sans son arme.

démissionner – zurücktreten

imprévisible – unvorhersehbar

– Ils ne m'auront pas aussi facilement que Larman, me fait-il avec un sourire de cow-boy.

Mais le cow-boy est mort de trouille.

la trouille *fam* – la peur

Ce matin, Naïa est revenue au collège, ses yeux rougis ressortaient sur son visage tout pâle, comme si elle avait passé ces trois jours à pleurer. Ses copines l'entouraient, la discussion avait l'air d'être très animée.

J'ai attendu qu'elle soit seule pour l'approcher. Avant que je ne dise un mot, elle a fondu en larmes.

– Elmir, on part !

– Vous partez ? Vous partez où ?

– On quitte tout. On part en France, à Paris, rejoindre ma tante !

Naïa me regarde avec des yeux désolés. Je suis atterré.

– Et … Et c'est pour toujours que vous partez ?

Naïa hoche la tête sans répondre.

– Mais pourquoi ?

– Les parents ne veulent plus vivre ici, dans la terreur perpétuelle. Le dispensaire de maman a été saccagé, c'est un miracle qu'aucun enfant n'ait été gravement blessé. Papa a reçu des lettres de menaces … Il ne comprend même pas ce qu'on lui reproche ! Alors les parents ont pris leur décision. Maman va aujourd'hui chercher les visas à l'ambassade et les billets d'avion.

saccager qc – détruire complètement qc
un miracle – Wunder
reprocher (qc à qn) – vorwerfen

– Mon père aussi a reçu des lettres de menaces, dis-je, et puis il y a eu l'incendie de la bibliothèque de maman ! Mais on ne part pas ! On a juste déménagé dans une petite bicoque toute pourrie. Il faut rester, Naïa, tout va redevenir comme avant.

une bicoque *fam* – une maison

Naïa ne répond rien. Je sens qu'elle va éclater en sanglots si elle dit un mot de plus. Très vite, je lui serre la main. Si les copains voient ça on va encore avoir droit à *« Oh les amoureux ! Oh les amoureux ! »*

Et ce n'est vraiment pas le moment.

La sonnerie retentit. Cours de math. Discrètement, je sors mon atlas. C'est où exactement Paris ? Je mesure avec mon double décimètre. Mille cinq cents kilomètres ! Plein nord. Il doit faire un froid de canard là-bas. Sur le côté, une toute petite carte violette indique les températures. 20° en juillet ! C'est presque le pôle Nord ! La France, moi, je veux bien, mais juste pour les vacances et pour acheter des disques de Michael Jackson …

A la « maison », j'envoie promener mon sac dans un coin de la pièce. Ce n'est pas encore aujourd'hui que je vais rattraper mon travail en retard.

Assis sur la terrasse, le garde du corps fume. Je tourne en rond, incapable de trouver une occupation.

Un petit grattement à la porte me fait tourner la tête, on dirait une souris. Le grattement reprend une demi-seconde et soudain, une enveloppe est glissée sous la porte. Le premier moment de surprise passé, je me précipite pour ouvrir. La rue est déserte. Au bruit de la porte, le garde du corps s'est précipité. Je cache l'enveloppe en vitesse derrière mon dos.

– Qu'est-ce qui se passe ? demande-t-il.

– Rien, il m'avait semblé entendre du bruit à la porte, mais il n'y a personne.

– Ce n'est pas à toi d'ouvrir, s'énerve-t-il. S'il t'arrive quoi que ce soit, c'est sur moi que ça retombe, compris ? Au moindre truc suspect, tu viens me chercher !

Je fais oui de la tête. Il me regarde de son air le plus sévère puis retourne vers la terrasse et sort une nouvelle cigarette. Discrètement, je regarde l'enveloppe : elle est sale, pleine de taches de graisse, avec le nom de mon père écrit en grosses lettres malhabiles. Je l'ouvre quand même et en tire une demi-feuille chiffonnée avec ces quelques mots :

Démissionne avant qu'il ne soit trop tard.

malhabile – ungeschickt
chiffonné,e – zerknüllt

Pâle comme un drap, papa fait une boulette du papier glissé sous la porte et le jette brutalement à la poubelle.

– Les salauds, murmure-t-il entre ses dents, ils ne me lâcheront donc jamais …

Il finit de boucler toutes nos affaires. Du vite fait : nous n'avons presque rien. Les slips, les chaussettes, les pulls et quelques livres s'entassent pêle-mêle dans deux sacs de voyage.

Sans un mot, papa tourne en rond. Il a recommencé à fumer, lui qui a eu tant de mal à arrêter ! Nos trois gardes du corps sont aux aguets : l'un dehors, l'autre sur la terrasse et le troisième à l'intérieur, avec nous. En silence, on attend la nuit. Papa a obtenu une autorisation exceptionnelle pour circuler malgré le couvre-feu. Il n'y aura personne dans les rues : il sera plus facile de vérifier si l'on nous suit.

un rond – Kreis
être aux aguets *(m)* – surveiller tout ce qui se passe
le couvre-feu – Ausgangssperre

La voiture ne ralentit que vers le jardin botanique qu'elle longe un court moment avant de s'arrêter devant un ancien immeuble colonial. L'escalier sent la graisse et le poisson, la rampe colle aux mains, on entend le bruit des télés qui retransmettent un match de foot.

une rampe – Geländer

– Dernier étage, dit papa au garde du corps qui monte le premier.

Craquement de la serrure. Une minuscule ampoule électrique jette un éclairage jaunâtre sur les murs sales de la pièce. Notre nouveau royaume : deux lits de camp en fer, une table bancale, un banc et un

une serrure – Türschloss
une ampoule – Glühbirne
bancal,e – uneben, wackelig

réchaud de camping à gaz. La pièce d'à côté est exactement semblable à la première, mais avec une minuscule porte cachée dans un coin.

– La seconde porte donne sur les toits, me souffle papa … En cas d'urgence.

J'approche de l'évier, un gros cafard surpris par la lumière se glisse dans un trou du carrelage. Ça me fera toujours un copain avec qui discuter le soir, puisque je n'arrive pas à tirer un seul mot de papa !

Depuis hier, les places d'Ismène et d'Aoual sont vides. Le principal a finalement demandé leur renvoi pendant dix jours. Une affiche collée à tous les étages du collège prévient que « tout manquement grave au règlement sera désormais puni de dix jours de renvoi ». J'ai oublié de faire la punition de math : cent fois à copier la définition du cosinus. D'un ton monotone, le prof de math rend le dernier devoir.

– … Et on arrive à Elmir.

Il se lève et se dirige vers moi.

– J'ai passé un temps fou sur ton devoir, Elmir, je l'ai lu et relu dans tous les sens pour essayer de trouver quelque chose de juste … Rien ! Je n'ai rien trouvé ! La plupart des exercices ne sont pas faits et les autres sont faux … Je t'ai mis « un », pour l'encre que tu as utilisée.

l'encre *f* – Tinte

Il se rapproche, menaçant.

– Et ta punition, elle est faite ?

Je baisse les yeux. Inutile de lui expliquer quoi que ce soit, une de ses phrases préférées est : « il n'y a que les feignants pour trouver des excuses ». Et puis de toute manière, papa m'a interdit de parler de nos déménagements.

(un) feignant *fam* – (un) paresseux

– Alors ? … Pas faite ! … Ça suffit, explose-t-il soudain, la coupe est pleine ! Tu files t'expliquer dans le bureau de Monsieur le Principal, je ne veux pas te revoir tant que ce devoir n'est pas parfaitement corrigé et que ta punition n'est pas faite. Et inutile d'inventer des salades pour m'attendrir, il n'y a que les feignants pour trouver des excuses ! File ! Naïa, tu l'accompagnes jusqu'au bureau.

une salade – *ici: fam* une histoire qui n'est pas vraie
attendrir – rühren, erweichen

Dans le couloir, Naïa me fait un petit sourire. Je hausse les épaules sans même la regarder. J'en ai marre, plus que marre ! Marre de déménager, marre de travailler, marre d'être enfermé, marre de me faire engueuler, marre de ne pas voir ma mère, marre de ne plus voir les copains, marre que Naïa parte en France …

Au détour de l'escalier, une des sorties de secours est restée entrouverte. Elle donne directement sur la rue. Un ouvrier la répare. Soudain, sans plus réfléchir, je prends mes jambes à mon cou et file dehors.

– Elmir, où tu vas ? Reviens ! crie Naïa derrière moi.

cause toujours! – schwätz du nur!
une palissade – Zaun

Cause toujours ! Je traverse le boulevard, je cours le long de la palissade de bois qui ferme le nouveau café depuis l'attentat et disparais dans la première rue qui se présente.

Je viens d'avoir une idée absurde : passer chez Ismène ! Le voir lui bien sûr, mais surtout provoquer Larrid, tenter de savoir s'il appartient bien à la bande des trois types qui m'ont obligé à appeler papa l'autre soir.

J'ai du mal à retrouver sa maison parmi les ruelles de la colline : tout se ressemble, ici. Je finis par reconnaître sa maison au fond d'une minuscule cour encombrée.

Je m'approche. La peur de me retrouver nez à nez avec Larrid me prend le ventre. Pour un peu, je repartirais.

– Qu'est-ce que tu fais là, toi ?

Je sursaute et lève le nez. Assis sur sa terrasse, Ismène me regarde avec de petits yeux durs. Je ne l'avais pas vu. En deux secondes, il est à côté de moi.

foutre le camp *pop* – s'en aller
un mouchard – Petzer, Denunziant

– Fous le camp, on n'a pas besoin de mouchard ici ! Si mes frères te voient ça va être ta fête …

Stupéfait, je le regarde.

– Mais qu'est-ce que j'ai fait ? Je passais simplement te voir.

Ismène m'agrippe le bras et m'entraîne dans un coin de la cour. Les autres gosses nous observent.

– Les flics ont arrêté Larrid hier matin. À cinq heures, ils ont débarqué ici comme si c'était la guerre, avec des mitraillettes, des fusils, des revolvers. Ils ont cassé la porte de la maison. Ils nous ont tirés du lit pour nous aligner dehors, les bras sur la tête, même Douria, ma petite sœur de trois ans. Ils ont saccagé la maison, tout fouillé, ouvert les matelas avec des couteaux pour voir si on ne cachait rien dedans. Ils n'ont rien trouvé, évidemment, Larrid est trop intelligent pour eux. Ils l'ont frappé pour lui faire avouer qu'il appartenait aux « combattants de l'ombre ». « *On le sait,* gueulaient-ils, *quelqu'un t'a dénoncé, pas la peine de nier !* » Ils ont fini par l'emmener après lui avoir menotté les mains et les pieds ... Et tu sais ce qu'il risque ? me crie Ismène à l'oreille. Tu le sais ? La peine de mort ! Voilà ce qu'il risque !

Les larmes aux yeux, Ismène me regarde.

– Il n'y a pas trente-six mille personnes qui savent ce que fait Larrid, reprend-il d'une voix sourde. Même mon père n'est pas au courant, et pourtant, il serait d'accord. Il y a moi et mes trois frères. Et moi, j'ai fait la bêtise de le dire à quelqu'un parce que je croyais que c'était un ami. Un ami qui m'avait juré de ne pas le répéter.

Il se colle tout près de moi.

– Tu te rappelles, Elmir, que tu me l'avais juré ? Sur la tête de ta mère ! Elle ne vaut pas cher, la tête de ta mère ! Tu as tout dit, hein ? C'est ton père qui t'a tiré les vers du nez, c'est ça ? ... Ou peut-être le père d'Aoual ?

Je me recule, le dos au mur.

– Non, Ismène, je n'ai rien dit ! Je te le jure, ce n'est pas moi et pourtant ...

– Et pourtant ?

Je prends une profonde inspiration.

– Et pourtant ... Je sais des choses sur lui que même toi tu ne connais pas.

Ismène ricane et me repousse de la main.

– Il t'a fait des confidences, peut-être ? ... Allez, tire-toi, tu n'es qu'un menteur et un sale mouchard. Tire-toi, hurle-t-il, ou j'appelle mes frères !

Je me mords les lèvres pour ne pas éclater en pleurs.

un matelas – Matratze

nier qc – leugnen

menotté,e – in Handschellen

tirer les vers du nez de qn – jdn zum Sprechen bringen

(se) reculer – zurückweichen

une confidence – un secret (qu'on raconte à qn)

mordre – beißen

– Hé attends ! crie soudain Ismène derrière moi, c'est à toi, je n'en veux plus !

Il jette quelque chose qui atterrit à mes pieds, dans la poussière. C'est un livre. *Le Dernier des Mohicans.* Je le pose sur une pierre. Je ne veux pas le reprendre.

Le parfum des beignets de la vieille Nourrédia monte jusque dans le haut de la petite rue Haftine. Autrefois, on y était souvent avec les copains. J'ai réussi à courir jusque chez elle sans pleurer, mais là, secoué de grands sanglots, je lui raconte tout. Les attentats, maman à l'hôpital, Larrid, Naïa qui va partir en France, le prof de physique, la nuit avec les « combattants de l'ombre », les déguisements de papa, les menaces, nos déménagements, Ismène …

Je ne sais pas ce qu'elle comprend à mes histoires.

– Quand j'étais petite, commence-t-elle, je n'habitais pas la ville comme toi. Je vivais avec mes parents dans une oasis, au sud, en plein désert. Pendant des journées entières, il ne se passait rien. On puisait de l'eau au puits, on gardait les bêtes. Tous les jours se ressemblaient. Et puis parfois, sans prévenir, en quelques secondes, un grand tourbillon de sable traversait le village. Si haut qu'il semblait toucher le ciel. On connaissait le signal. Il fallait faire vite : la tempête allait se lever. Et soudain, elle était là. La tempête pouvait durer des heures, et nous devions attendre, assommées par la violence de ses coups contre la maison, terrifiées par ses hurlements, suffoquées … Et puis elle cessait aussi soudainement qu'elle avait débuté. Les craquements, les sifflements, les hurlements s'arrêtaient, la chaleur diminuait. Alors on se relevait, on secouait nos vêtements, on se rinçait la bouche et le visage, on balayait la maison de tout le sable qui s'y était infiltré et la vie reprenait …

– J'ai compris ce que tu voulais dire, Nourrédia. En ce moment, je suis en plein dans la tempête de sable, c'est ça …

– On est tous dedans, mais les tempêtes finissent toujours par s'arrêter. La plus longue dont je me souvienne a duré trois jours … Trois jours sans pouvoir bouger, sans sortir de la maison.

un tourbillon – Wirbel

suffoquer – ersticken

diminuer – *ici:* nachlassen

rincer qc – nettoyer qc avec de l'eau

– Et tu crois qu'avec Ismène on redeviendra copains ?

– Tu sais, ton copain Ismène, lui aussi, il est dans la tempête …

– J'aime bien parler avec toi, Nourrédia, mais il faut que je retourne au collège, mes deux gorilles vont m'attendre à la sortie. Je me suis enfui tout à l'heure. Ça va certainement être plus difficile de rentrer que de sortir ! Au revoir, j'essayerai de revenir te voir.

résonner – retentir; *ici:* schallen

L'écho de la claque a dû résonner jusqu'aux dernières maisons de la ville. J'ai d'abord cru que je n'avais rien senti, comme si papa avait tapé sur une pierre, et puis la douleur vient d'un coup. Pas question de montrer le plus petit signe de faiblesse : tous les copains me regardent. J'ai été le héros du jour, il faut assurer, maintenant ! Un peu sonné, la tête vide, je fixe papa droit dans les yeux sans baisser le regard. Autour de nous, personne ne bouge. Il finit par m'attraper par le bras, me jette dans la voiture et revient dire quelques mots au principal et au prof de math.

assurer – *ici: fam* sich der Lage gewachsen zeigen

Pendant tout le trajet, nous n'échangeons pas une parole. Une fois dans notre trou à rats, je me faufile par la petite porte qui donne sur les toits.

La nuit tombe, je suis toujours dehors, j'ai froid, mais personne au monde ne pourrait me faire bouger.

grincer – knarren, quietschen

La petite porte grince, je fais semblant de ne rien entendre. Papa s'assoit à côté de moi et touche ma joue du bout des doigts. Je ne tourne pas la tête.

– Je crois que j'y suis allé un peu fort, dit-il comme s'il trouvait ça plutôt amusant.

– …

– Toi aussi tu y es allé un peu fort, non ? … Quand le principal m'a appelé pour me dire que tu avais « fugué » du collège et que personne ne savait où tu étais, j'ai imaginé le pire. Je te voyais … Je ne sais pas, moi, enlevé, kidnappé, comme l'autre nuit avec ces salauds. Tu comprends ?

– J'en ai assez ! Depuis un mois, on habite dans des maisons moches, pas le droit d'aller voir les copains, pas le droit d'aller à la pêche, pas le droit de sortir, pas le droit de rien ! Au moindre pas, il y a toujours un de ces singes qui me suit, fais-je avec un signe de tête vers les gardes du corps. Et puis aussi, il y a maman …

– Je sais que ce n'est pas facile, Elmir. Pour personne. Zelma est malade. C'est une maladie qui ne se voit pas, mais qui doit être soignée comme une autre.

– Elle s'appelle comment, sa maladie ?

– Une dépression nerveuse. Elle va guérir, mais ça prendra du temps. Il faut être patient …

– Oui, je sais, il faut savoir attendre la fin de la tempête.

– Qu'est-ce que tu dis ?

– Rien.

Papa passe son bras autour de mes épaules.

– Tu sais, me dit alors papa, la mère de Naïa m'a téléphoné … Ils partent dans deux jours et voudraient aller dire au revoir à Zelma demain, avec nous. Alors je les ai invités à venir manger un petit quelque chose à la maison après.

Dans deux jours …

Papa a du talent pour gâcher les bons moments …

gâcher qc – rendre qc mauvais

– Bon ! Alors tu vas nous faire le plaisir de te remettre sur pied, ma petite Zelma, et plus vite que ça !

L'énorme père de Naïa rigole. Maman, elle, ne rigole pas. Son visage ressemble à un masque, un masque triste qui n'exprime rien. Ce sont les médicament, m'a dit papa.

Mi entraîne maman à petits pas pour sa promenade. Je les regarde s'éloigner. Maman fait si vieille ! On dirait qu'elle est la mère de Mi. Derrière elles, les deux hommes discutent à voix basse.

Avec Naïa, on se retrouve autour du bassin. Je n'arrive pas à croire que demain, elle partira définitivement pour Paris. Peut-être ne reviendront-ils jamais ici, m'a-t-elle dit. Il paraît même que son père préférerait qu'elle devienne française. Je ne savais pas qu'on pouvait changer de nationalité comme ça.

– Ma tante habite Créteil, une ville tout à côté de Paris. Au début, on va vivre chez elle, ce n'est pas très grand, mais on se serrera un peu.

– Et après vous aurez une maison à vous ?

– Peut-être, mais il faut d'abord que les parents trouvent un travail. Ce n'est pas facile, il paraît qu'ils ont trop de médecins en France … Et de toute façon, il faut être français pour travailler comme médecin là-bas. Mon père a appelé des amis à lui, ça s'arrangera peut-être parce qu'il a fait ses études à Paris. Mais on n'en sait rien …

Je hoche la tête.

– Et pour les vacances, tu reviendras ?

– Je ne sais pas … Je ne crois pas. Tant qu'il y aura des attentats …

– Tu vas aller au collège ?

– Oui, à côté de chez ma tante il y en a un : le collège Victor-Hugo.

– Ça va être dur au début, tout sera en français.

Naïa ne répond pas.

Les parents reviennent, papa et Mi ont chacun passé un bras sous ceux de maman. Elle remonte dans sa chambre. D'en bas, je lui lance un petit baiser, du bout des lèvres.

C'est la première fois que nous invitons quelqu'un dans notre minuscule appartement. Les parents de Naïa en font le tour d'un air vaguement dégoûté, comme si tout était très sale. C'est vrai qu'on est loin de leur belle maison du quartier de « La Source ».

– Tu ne veux vraiment pas nous suivre là-bas ? demandent-ils à papa, tu ne serais pas le premier journaliste à t'y installer, un type de ta renommée trouverait facilement à collaborer dans des journaux.

Papa secoue la tête.

Tout le monde mange sans grand appétit les fruits secs et le ragoût de légumes. Les adultes parlent politique. Je montre à Naïa mon refuge : la petite porte qui donne sur les toits.

un refuge – un endroit où on est tranquille (→ se réfugier)

– Attends-moi là, dit-elle soudain, je reviens tout de suite.

Quelques minutes plus tard, elle revient.

– Cache tes yeux, lance-t-elle. Pas le droit de tricher !

Elle dépose quelque chose tout près de moi. Ce doit être assez lourd.

– Regarde !

La cage de Mouli ! Il est dedans, pelotonné comme une petite boule de poils roux, avec ses deux oreilles énormes qui dépassent.

– C'est pour toi, me dit Naïa, les yeux tout brillants de larmes, on l'avait pris dans la voiture. Je ne peux pas le garder avec moi, il aurait trop froid, et puis en appartement ce serait compliqué. Avec toi, je sais qu'il sera heureux … Il te connaît bien …

Pendant un moment, elle ne dit plus rien.

– Voilà, ajoute-t-elle avec un sourire, je laisse mes deux meilleurs amis ensemble, comme ça, ils se souviendront de moi.

J'ai très envie de serrer Naïa contre moi, mais on se tient seulement par la main et on se fait juste un minuscule baiser sur les lèvres.

– Les enfants ! Naïa ! crient ses parents, on y va. Il faut partir avant le couvre-feu.

Ma chère Naïa,

Trois semaines que tu es partie et toujours pas une seule lettre de toi. Peut-être ne reçois-tu pas non plus mes lettres ?

J'espère que tu t'habitues bien à ta nouvelle vie de Créteil. Raconte-moi comment c'est, ce que tu vois, comment sont les gens et les maisons, s'il y a des animaux qu'on ne voit pas chez nous et si tu commences à te faire des amis. Tes parents ont-ils trouvé du travail ? J'ai pensé à une chose : ce serait bien s'ils n'en trouvaient pas, comme ça vous seriez obligés de revenir comme avant !

Nous, ici, ce n'est pas très drôle. Il y a encore eu plusieurs attentats, l'un a touché l'hôpital où travaillait ton père et personne ne comprend pourquoi ils s'attaquent aux hôpitaux, mais le plus grave pour nous, c'est qu'une bombe a été posée au journal de mon père. Une lettre piégée a explosé. La secrétaire qui ouvrait le courrier est très gravement blessée, personne ne sait si elle pourra survivre. La lettre était adressée à mon père. Deux jours plus tard, on a trouvé une nouvelle lettre de menaces dans la boîte aux lettres de l'appartement où tu étais venue. Tu comprends ce que ça veut dire ?

Nous venons donc de redéménager dans un autre quartier, mais mon père m'a interdit de dire où et de t'envoyer l'adresse exacte. Il a peur que le courrier ne soit intercepté. Tu pourras donc m'écrire à l'ancienne adresse, les lettres suivront jusqu'ici. Notre appartement est encore plus minable et moche que le précédent : une seule pièce, mais c'est vrai qu'il a une grande terrasse.

intercepter – abfangen

minable – schäbig
précédent,e – d'avant

Au collège, c'est toujours la même chose. Depuis qu'Ismène est revenu, il ne me parle plus. Il s'est mis dans une bande avec ceux de la colline et ils font tellement de bêtises que je crois qu'ils vont être définitivement renvoyés. L'autre jour, ils sont passés dans les cou-

loirs, ils ont jeté des petites bombes lacrymogènes dans toutes les classes et criaient des slogans favorables aux « combattants de l'ombre ». Tout le collège a dû être évacué le temps que ça se calme.

Maman ne va ni mieux ni moins bien, je vais la voir une fois par semaine avec papa. Elle ne parle presque pas. C'est le jour le plus triste de la semaine.

Par contre Mouli, lui, va très bien, je le fais courir tous les jours sur le toit en terrasse, il s'est très vite habitué à moi et répond quand je l'appelle par son nom.

J'aimerais bien recevoir une lettre de toi. Est-ce que tu pourras aussi m'envoyer une photo de toi à Créteil ?

Je t'embrasse très fort et Mouli te fait une grosse léchouille sur la joue.

une léchouille *fam* – Schmatz

Elmir

La Liberté, c'est fini ! Le gouvernement interdit désormais aux journaux de publier librement des articles sur les attentats, pour ne pas faire de publicité aux terroristes, paraît-il. Les seules informations disponibles proviennent maintenant du gouvernement lui-même qui autorise les journaux à les imprimer. Alors les cinq journalistes de *La Liberté* ont tous décidé d'arrêter le journal tant qu'ils n'auront plus le droit d'écrire ce qu'ils veulent.

Le dernier numéro est sorti ce matin. Il traîne sur une chaise de l'appartement. Un drôle de numéro ! Pas la peine de le feuilleter : il n'y a rien dedans ! C'est un journal vide, sans un seul article, avec juste ces mots sur la première page :

LÀ OÙ RÈGNE LA CENSURE,
LA LIBERTÉ S'ARRÊTE.

De temps en temps, papa passe devant et le feuillette, comme s'il espérait malgré tout trouver quelque chose à l'intérieur.

Au moment où je pars au collège, une voiture de la police vient stationner devant l'immeuble. Les flics escaladent les escaliers quatre à quatre et arrivent à notre cinquième étage.

– Votre maison … À « La Source » … Elle a été saccagée par des inconnus cette nuit. Des voisins nous ont prévenus.

Papa ne veut pas que je l'accompagne. J'insiste. Il hausse les épaules et me fait signe de l'accompagner.

On arrive. J'aperçois une seconde le visage de notre voisine qui nous observe par la fenêtre. Elle recule aussitôt dans l'ombre. Ils ont évidemment tout vu, mais ils n'ont pas bougé le petit doigt. Ils avaient peur … Leur seul courage, ça a sans doute été le coup de téléphone anonyme à la police …

Nous entrons en silence. À l'intérieur, tout a été saccagé : les étagères sont tombées, les livres jetés par terre, les lits cassés à coups de hache, la vaisselle piétinée, les rideaux brûlés …

– Allez, fait papa, la voix sourde, viens. On reprend ce qu'on peut et on repart.

un pilleur – Plünderer

C'est vite fait, les pilleurs n'ont presque rien laissé. Au moment de repartir, papa hésite un peu, puis finit par jeter les clés de la maison dans un buisson sans refermer la porte.

– Pourquoi tu fais ça ?

– J'ai l'impression qu'on ne reviendra plus, répond-il …

Le lendemain, à neuf heures, on se retrouve dans le bureau du principal : lui, les profs et moi. Personne ne dit un mot. Puis papa arrive et prend la parole. Il explique tout un tas de choses que je n'écoute pas trop, les profs prennent tous l'air drôlement intéressé. Et il termine :

– … Voilà, Elmir a besoin de retrouver un peu de calme et c'est pour cela que nous allons partir, au moins pour quelques mois.

Je sursaute. Partir ! On va partir ! Où ça ? En France, à Créteil peut-être ? …

Je regarde papa, qui me lance un clin d'œil.

De retour à l'appartement, papa refuse toujours de me dire où l'on va.

– Surprise, surprise … dit-il pendant qu'il met nos affaires dans de gros sacs de voyage.

Oui, bien, si ce n'est pas rejoindre Naïa, sa surprise, j'ai bien peur qu'elle ne soit ratée. Je suis partagé entre la curiosité et la déception.

Après avoir disparu une bonne partie de l'après-midi, papa revient, excité comme un petit fou.

– Elmir, viens vite voir ! hurle-t-il depuis la rue.

Tout fier, il me désigne un 4 x 4 garé juste devant l'immeuble. Rien à voir avec les superbes engins tout chromés que les européens avaient à l'époque où ils

un engin – une machine; *ici:* une voiture

venaient encore en vacances ici. La vieille Land-Rover a plus de cent cinquante mille kilomètres mais elle est super ! Mouli a même sa place à l'arrière où des sangles ont été fixées exprès pour maintenir sa cage !

à l'arrière – auf dem Rücksitz
une sangle – Gurt

Dès le lendemain, on range nos affaires à l'arrière de la Land. Les trois gardes du corps nous accompagnent une dernière fois jusqu'à la limite de la ville. Papa les remercie chaleureusement. Moi, j'aimerais bien ne jamais les revoir !

– On y va, Elmir ? demande papa.

– Où ?

– Tu verras bien …

La grosse Land-Rover démarre dans un grondement.

Devant nous, des champs et des vergers d'amandiers déjà en fleurs. Une cinquantaine de kilomètres plus loin, je m'endors. Quand je rouvre les yeux, je suis stupéfait : de la neige ! Il a neigé !

un verger – Obstgarten
un amandier – Mandelbaum
en fleurs *(f)* – blühend

Nous roulons toujours plein sud.

– Tu ne veux toujours pas me dire où l'on va ?

Pour toute réponse, papa pose un doigt sur sa bouche.

Pendant des heures, nous suivons la même route monotone qui devient de plus en plus cahoteuse. Après le froid de la montagne, le soleil commence à taper fort, nous sommes en plein désert. Un peu après midi, alors que le soleil nous écrase de chaleur, papa s'arrête soudain.

cahoteux,-euse – holprig

Il tend le doigt devant lui. Au loin se dresse une sorte de muraille rougeâtre.

une muraille – un gros mur
rougeâtre – presque rouge

– C'est là qu'on va ?

Il hoche la tête en silence. Nous repartons.

Une heure plus tard, nous entrons dans une petite ville pleine de maisonnettes, de ruelles et de terrasses. Un peu plus bas, des milliers de palmiers agitent doucement leurs feuilles au milieu des jardins minuscules de l'oasis.

agiter – bouger

Ma chère Naïa,

Ce matin, la voiture de la poste a apporté un gros paquet de lettres. Ouf ! Je commençais à croire que tu m'avais oublié. Je n'ai pas pris le temps de tout lire parce que je voudrais que le facteur reparte avec cette lettre que je me dépêche d'écrire : il ne repasse que dans dix jours.

Grand changement dans notre vie ! Depuis quinze jours, j'habite avec mon père à Timimoun, une oasis en plein désert. C'est incroyable, ici, l'eau ruisselle de tous les côtés dans des canaux souterrains qui mènent aux petits jardins. Elara, une sœur de Nourrédia, nous loue une petite maison, juste au-dessus de la plus belle palmeraie de la Terre. Nous sommes descendus avec une vieille Land-Rover que mon père a achetée.

une palmeraie – Palmenhain

C'est un pays magique, mais ne crois surtout pas que je prends des vacances pendant que tu travailles. D'abord, j'aide le mari d'Elara à s'occuper des jardins et de leurs bêtes : des chèvres et des moutons, mais aussi quelques chameaux. Au début, j'avais un peu peur d'eux, mais maintenant, on est devenus copains, j'arrive même à les monter tout seul. J'apprends la vie du désert. J'ai l'impression d'habiter ici depuis toujours, loin des attentats, des villes et du collège. Et puis mon père m'a inscrit à des cours par correspondance. Les premiers sont arrivés ce matin en même temps que tes lettres, mais je suis moins pressé de les ouvrir !

un chameau – Kamel

un cours par correspondance – Fernkurs
être pressé,e – es eilig haben

Après avoir un peu hésité, papa s'est finalement décidé hier à aller chercher maman. Elara dit qu'elle sera beaucoup mieux ici, avec nous, et qu'il suffit de voir une fois l'oasis pour être guéri de toutes les maladies du monde. Je suis sûr qu'elle a raison. Ils doivent revenir demain, je lui offrirai un livre que j'ai « sauvé » de l'incendie de la bibliothèque.

Bon, bon ! Je me dépêche, le facteur n'attend plus que moi pour repartir.

Je viens de voir que tu m'as aussi envoyé une cassette de Michael Jackson, c'est super !

Je t'embrasse très fort. Réécris-moi vite !

Elmir.

P.S. : Est-ce que tu crois que Créteil est aussi beau que Timimoun ?

J'emmène souvent Mouli dans le désert. Il court comme un fou, hume la moindre trace et essaye d'attraper les lézards. J'ai l'impression qu'il apprend la liberté.

humer – aspirer, sentir
un lézard – Eidechse

Avant de commencer la lecture

– Décrivez l'illustration de couverture. A votre avis, dans quel pays la scène se passe-t-elle ?
– Quelle atmosphère se dégage de cette illustration ?
– Si vous étiez sur place, quels seraient vos sentiments ou vos réactions dans cette situation ?

Autour de la lecture

Chapitre 1

1 a) Comparez le quartier d'Ismène à celui où habitent Elmir et Naïa.
b) Les pères d'Elmir et de Naïa ne sont pas mécaniciens, comme celui d'Ismène. Quelle profession pourraient-ils bien avoir ?
2 Expliquez pourquoi Elmir et les autres passagers du tramway sont terrorisés par les « barbus ».
3 Mettez-vous à la place de Naïa et racontez à sa mère l'épisode du tramway et la peur qu'elle a eue ce jour-là.
4 Imaginez que le journal parle des évènements de ce jour-là. Trouvez d'abord un titre puis écrivez un « chapeau » (une introduction à l'article) avec les informations principales (quoi, qui ,où, quand).

Chapitre 2

1 Pourquoi est-ce qu'Elmir ne pourra peut-être jamais voir Michael Jackson dans son pays ?
2 a) Pourquoi est-ce que le père d'Elmir se met à fermer les portes à clé ?
b) Quelle autre conséquence les événements ont-ils pour Elmir ? Expliquez pourquoi cela ne lui plaît pas.
3 Faites le portrait de Mi. Pourquoi peut-on dire que Mi n'est pas « une mère comme les autres »?

Chapitre 3

1 Qu'est-ce qui se passe pendant le cours d'histoire ?

2 Ismène et monsieur Harnid sont-ils plutôt pour ou plutôt contre la manifestation des « barbus »?

3 Qu'est-ce qu'on apprend sur la mère d'Elmir, sur son métier, sur son caractère ?

Chapitre 4

1 Mettez-vous à la place du principal : Qu'est-ce que vous avez pu dire à monsieur Harnid à la fin du cours d'histoire ?

2 a) Expliquez pourquoi le père d'Elmir se sent menacé.

b) Qu'est-ce qu'il fait pour se protéger ?

3 Que pensez-vous de la phrase « Il faut se méfier de tout le monde » (p. 20) ?

Chapitre 5

1 a) Elmir n'a pas le droit d'ouvrir la porte et de sortir, mais il le fait quand même. Pourquoi ?

b) A sa place, est-ce que vous auriez fait comme lui ? Pourquoi (pas) ?

2 a) A votre avis, pourquoi est-ce qu'Ismène n'est pas poli avec les soldats ?

b) Pendant la sortie à la plage, Ismène apprend deux détails importants à Elmir. Lesquels ?

3 Quel est le but des « barbus », d'après Ismène ?

4 Quand ils rentrent à la maison, Elmir constate que quelque chose de grave s'est passé. Racontez !

Chapitre 6

1 Presque tous les collègues de monsieur Harnid vont à l'enterrement de sa fille, sauf le prof de physique. Qu'en pensent les élèves ?

2 Comment réagit la mère d'Elmir les jours qui suivent l'attentat de la bibliothèque ? Que lui arrive-t-il ensuite ?

3 a) Notez ce qu'on apprend sur la maison de repos. Pourquoi Elmir dit-il que ce bâtiment est triste (p. 29) ?

b) Elmir avait dit qu'il préférait ne pas aller voir sa mère mais que c'était « difficile à expliquer » (p. 28). Aidez-le maintenant à expliquer pourquoi.

4 Pourquoi Elmir pense-t-il qu'un livre pourrait guérir sa mère (p. 29) ? Qu'en pensez-vous ?

Chapitre 7

1 Qui a été tué au début du chapitre ? Quand, où, comment, et surtout : pourquoi ?

2 a) Qu'est-ce qu'on apprend sur le père de Naïa ?

b) Pourquoi est-il « impressionnant » pour Elmir ?

c) D'après vous, est-ce un personnage sympathique ? Pourquoi (pas) ?

3 Quelles sont les conséquences de la mort de Larman a) pour sa famille ? b) pour le père d'Elmir ?

4 Pourquoi le prof de physique était-il dangereux ?

5 Divisez le chapitre en plusieurs parties et donnez des titres à ces parties (ou résumez-les en une phrase).

Chapitre 8

1 Pourquoi les « barbus » viennent-ils chez Elmir ? Qu'est-ce qu'ils veulent ?

2 a) Qu'est-ce que vous savez déjà sur Larrid ? (Relisez par exemple la page 23.)

b) Elmir est sûr que Larrid est un des trois hommes en cagoule. Rassemblez les indices qui permettent cette hypothèse.

c) Quand Elmir raconte la scène aux policiers, il ne prononce pourtant pas le nom de Larrid. Pourquoi pas ?

3 Reconstruisez les différentes étapes de l'action :

Première étape : Les combattants de l'ombre déposent un article dans la boîte aux lettres du journal.

Deuxième étape : (Continuez !)

Chapitre 9

1 Relisez l'article qui est dans *La Libertté* à la suite de l'action des terroristes. Dites si les phrases suivantes correspondent à ce qui y est écrit (et corrigez les informations qui ne sont pas conformes).

a) Beaucoup de personnes ont manifesté contre le gouvernement.

b) Le gouvernement comprend les critiques du peuple.

c) On a arrêté plusieurs « barbus ».

d) Le gouvernement accepte l'argent des étrangers pour le plus grand bonheur du pays.

e) Les combattants de l'ombre menacent de continuer leur lutte.

f) Les combattants de l'ombre disent qu'ils sont les fils de Dieu.

2 Montrez qu'Elmir est, lui aussi, devenu un prisonnier. Faites la liste de tout ce qui l'empêche d'être aussi libre qu'avant.

Chapitre 10

1 Comment est-ce que la population (les commerçants, le gouvernement, le père d'Elmir, etc.) se prépare à faire face à la grande manifestation ?

2 « Pourquoi faire ça ? Pourquoi ? » (p. 43)

a) Qu'est-ce que le garde du corps ne comprend pas ?

b) Quelle explication pourriez-vous lui proposer ?

Chapitre 11

1 Qu'est-ce qui oppose Ismène et Aroual ?

2 Le principal dit que l'école est là pour travailler et que « le reste n'a rien à faire au collège » (p. 44). Etes-vous d'accord avec lui ?

3 Expliquez la décision des parents de Naïa.

4 Qu'est-ce qu'Elmir pense de la France ?

5 Rester au pays ou partir ? Faites une liste d'arguments pour et contre.

Chapitre 12

1 D'après vous, Elmir est-il un « feignant »? Expliquez pourquoi il travaille de plus en plus mal à l'école.

2 Comment réagit Ismène quand il voit arriver Elmir ? Expliquez sa réaction et dites s'il a raison ou pas.

3 A la fin du chapitre, Ismène « rend » à Elmir le livre *Le dernier des Mohicans.* C'est un détail très important. Expliquez pourquoi.

Chapitre 13

1 Mettez-vous à la place d'Elmir et faites le bilan de la situation (complétez les phrases suivantes) :

a) Maman est à l'hôpital parce que …

b) Papa est menacé par les barbus depuis que …

c) On doit toujours déménager à cause de …

d) Je ne vais bientôt plus voir Naïa parce que …

e) J'ai perdu mon meilleur copain parce que …

2 La vieille Nourrédia compare les événements du moment à une tempête de sable. Expliquez cette comparaison (pensez à la violence, à la durée d'une tempête, à ce qu'il faut faire pendant et après, etc.)

3 A son retour au collège, son père attend déjà Elmir et lui donne une énorme claque. A votre avis, pourquoi ?

4 Résumez les événements les plus importants de cette journée (chapitres 12 et 13) pour le journal intime qu'Elmir pourrait écrire. Vous pouvez commencer ainsi :

« Quelle journée, aujourd'hui ! Ce matin, au collège, …» (Continuez !).

Chapitre 14

1 Est-ce que la vie en France sera facile, pour Naïa et sa famille ? Faites la liste des problèmes qu'ils vont rencontrer quand ils seront là-bas.

2 Le père d'Elmir refuse de suivre la famille de Naïa en France. A votre avis, pour quelle(s) raison(s) ?

3 Naïa fait un cadeau d'adieu à Elmir. Pourquoi peut-on dire que c'est un très beau cadeau ?

Chapitre 15

1 Pourquoi Elmir écrit-il à Naïa qu'elle doit lui répondre à son ancienne adresse ?

2 Mettez-vous à la place de Naïa et répondez à la lettre d'Elmir (n'oubliez pas de répondre aux questions qu'il pose dans le deuxième paragraphe).

Chapitre 16

1 La phrase de la première page du journal (p. 61) a un double sens : expliquez-le.

2 Mettez-vous à la place d'un voisin de « La Source » qui voit que des inconnus saccagent la maison d'Elmir pendant la nuit. A quoi pensez-vous dans cette situation et que pouvez-vous faire ?

3 Pourquoi est-ce que le père d'Elmir jette les clés de la maison ?

4 Racontez le voyage vers l'oasis. Commencez avec la surprise d'Elmir devant la vieille Land-Rover.

Chapitre 17

1 Dites pourquoi la vie est belle à Timimoun, pour Elmir.

2 Imaginez une suite possible à cette histoire

(Que se passe-t-il, p. ex., avec le père et la mère d'Elmir, avec Naïa et sa famille, avec Ismène, avec les combattants de l'ombre, avec *La Liberté*, etc.?)

Après la lecture du roman

– Faites un collage qui oppose les beautés de l'oasis aux aspects négatifs de la vie « d'avant ».
– Est-ce que vous trouvez que le titre de ce roman est bien choisi ? Si votre réponse est négative : Proposez un autre titre et justifiez votre proposition.
– Ecrivez un petit texte pour dire pourquoi vous avez aimé le roman (ou pourquoi pas) et à qui vous en recommandez la lecture.
– Cherchez à en savoir plus : A l'aide d'Internet, renseignez-vous sur l'Algérie, sur les événements et les attentats des années 90. Voici quelques adresses pour commencer (trouvez-en d'autres !) :

– http://www.liberte-algerie.com
(le journal algérien francophone *Liberté*)
– http://www.elwatan.com
(le journal algérien francophone *El Watan*)
– http://members.aol.com/algFis/ribat/somair.htm
(le Front Islamique du Salut)
– http://www.algeria-watch (Algeria-watch, informations en allemand et en français)
– http://www.amnesty.de (amnesty international, en allemand, avec les derniers „Jahresberichte" qui concernent, entre autres, l'Algérie).

Voir aussi les informations des agences de presse (p.ex. France Presse : http://www.afp.com) et le moteur de recherche yahoo-France (http://fr.yahoo.com).